表御番医師診療禄3

解毒

上田秀人

角川文庫
18392

目次

主要登場人物

●矢切良衛《やきりりょうえい》
江戸城中での診療にあたる表御番医師。今大路家の弥須子と婚姻。息子の一弥を儲ける。

●弥須子《やすこ》
良衛の妻。幕府典薬頭である今大路家の娘。

●伊田美絵《いだみえ》
御家人伊田七蔵の妻。七蔵亡き後、良衛が独り身を気にかけている。

●松平対馬守《まつだいらつしまのかみ》
大目付。良衛が患家として身体を診療している。

第一章　南蛮の妙薬

一

人というのは医者が休みのときほど、怪我や病をする。

日が落ち、寝床に入って寝付きかけた五つ半（午後九時ごろ）、矢切家の門が叩《たた》かれた。

「先生、矢切《やきり》先生」

「ちょっとお待ちを」

先代から仕えている老爺《ろうや》の三造《さんぞう》が気づき、玄関脇の小部屋から起き出していった。

「どうなされた」

門の外には三人の男が立っていた。

「こいつが酔って濠《ほり》へ落ちやして。引きあげてからずっと胸が痛《いて》えと」

背の高い男が説明した。

「それはいけませんな。先生をお呼びしますので、診察室へ」

三造が三人を診察室へ案内し、燭台《しょくだい》に灯をつけた。

「先生」

居室の外から三造が呼んだ。主人と妻が同衾《どうきん》しているかもしれないのだ。急患といえどもいきなり戸を開けるのはまずかった。

「どうした」

すでに物音で目覚めていた良衛《りょうえい》が問うた。

「怪我人でございまする。酔って濠に落ちて、胸が痛いとのことでございまする」

「……落ちて胸が痛いか。わかった。すぐに診察室へ行く」

「お願いいたしまする」

三造が去っていった。

良衛は寝間着のまま診療室へ向かった。

「先生、すいやせん」

「遅くに」

診察室に入った良衛に付き添っている二人が頭を下げた。患者は痛みで脂汗を流し、あいさつする余裕などもっていなかった。

「着物を脱がせよ」

「へい」

付き添っていた男たちが、そっと着物を脱がせた。

「職人か」

胸の下までしっかり晒《さら》しを巻いている患者の姿に良衛が独りごちた。

「どこが痛む」

意識を保っている患者に良衛は問うた。

「…………」

声を出すのもつらいのか、患者が無言で右の脇腹を指さした。

「触るぞ」

断ってから、良衛は患者の右胸に触れた。

「……ここだな」

良衛は脇腹の一箇所が少し外へ出っ張っているのを認めた。

「うっ」

触れられた患者が反応した。

「……血を吐いたりはしていないか」

それを無視して良衛は付き添いに確認した。患者の痛みに同情するのは医師の基本である。だが、このあとさらなる痛みを与える治療をすることになるのだ。患者により強い緊張を求めなければならない良衛は、厳しい姿勢を続けた。

「それはなかったよな」

背の高い連れがもう一人に訊《き》いた。

「なかったはずだ」

もう一人も否定した。

「そうか」

聞いた良衛は、患者へ顔を近づけた。

「右の肋《あばら》が一本折れている。幸い肺の腑《ふ》には刺さっていないようだがな。あと二本ほどひびが入っているかも知れぬ」

「…………」

泣きそうな目で患者が良衛を見た。

「安心しろ。死ぬことはない。ただ、肋は腕や足と違って、折れたから繋《つな》がるまで動かさないでおくというわけにはいかない。息を吸えば胸が膨らみ、吐けば縮む。そのたびに折れた肋も一緒に動くのだ」

「ひえっ」

「うわああ」

二人の付き添いが嫌そうな顔をした。

「腕や足のように添え木を当てて固定できない肋は、くっつきが悪い。そのうえ折れた骨はわずかな刺激でずれたり、また折れたりする」

良衛は説明した。

「だがこのまま置いておけば、いつ折れた骨の先が肺腑を破らないとも限らぬ。肺腑に傷がつけば、命にかかわる」

「…………」

患者がすがるような目で良衛を見た。

「一月のあいだ、仕事もせず、じっとしておれ」

「……無茶だ」

背の高い付き添いが首を振った。

「あっしら職人は、日当仕事でござんす。一日働いていくらという金で生きておりやす。雨が降れば仕事が休みになるので、さすがに五日や十日食べていけるだけの蓄えはありやすが……」

「その辺は医者の仕事ではない」

あっさりと良衛は切り捨てた。

「医者の仕事は、目の前の患者を助けることだ。そこから先は、医者に相談するものではなかろう。一月も大人しくしていられません、だから治療はしなくていいですとでも言うつもりか。それを納得しろとでも」

良衛が背の高い付き添いをにらんだ。

「それは……」

「目の前で溺《おぼ》れている子供を、水に入れば、着物が濡《ぬ》れて風邪を引くかも知れないからと見捨てるのか、おまえは」

「………」

付き添う二人が黙った。

「怪我が治るまでの食い扶持の相談は医者にするのでなく、おまえたちが手助けしてやれ。それが仲間というものであろう」

諭すように良衛は言った。

「……わかりやした」

「なんとかしてみせやす」

二人が強く応《こた》えた。

「うむ。では、少し痛むが、辛抱しろよ。三造、晒しを噛《か》ませよ」

「はい。さあ、これを口に入れなさい」

指示された三造が患者に折りたたんだ晒しをくわえさせた。これは痛みのあまりに己の舌を嚙まないようにするためのものであった。

「しっかり嚙みしめておけ。行くぞ」

声をかけてから、良衛は左手を折れている肋骨《ろっこつ》の上に置いた。

「…………」

患者がしっかりと歯を合わせた。

「息を吸って、ゆっくり吐いて」

呼吸を繰り返させ、その律動を良衛は確認した。

「……吐いて」

何度目か、良衛は吐き始めた患者の肝臓の上から肋骨へと指を差しこむように、突っこんだ。

「…………」

右手の指に触れた折れた肋骨の先端を押し上げる。

「……うっっ」

痛みで患者が晒しを千切らんばかりに嚙んだ。

「……よし」

良衛が指を抜いた。

折れて内側に曲がった骨の先を下から持ちあげることで良衛は骨折を元の位置に戻

したのだ。苦しいと知りつつ呼吸を繰り返させたのも、吐くことで胸の筋肉を緩め、指が入りやすいようにするためだった。

「一番下の肋で良かった。もう少し上だと指が入らないからな」

ほっと良衛は息を吐いた。

「あとは晒しをきつめに巻いて、胸の動きを抑える。身体をひねったりするなよ」

「……はい」

口から晒しを外して、患者が初めて口をきいた。

「朝まで寝ていくがいい。あとで頓服《とんぷく》を用意してやる」

頓服とは痛み止めのことだ。

「あのう……」

申しわけなさそうな口調で背の高い付き添いが良衛を見た。

「薬代のことだろう。待ってやるが、かならず払え。医者も霞《かすみ》を喰《く》って生きているわけではない。金をもらわねば、次の患者に使う薬が買えぬ。薬のない医者など気休めでしかない。そうなれば、助かる患者も死ぬことになる。踏み倒すなら、その恨みを受けるつもりでやれ」

厳しく良衛は告げた。

「ありがとうございまする。かならず、払わせやする」

背の高い付き添いが、良衛に頭を下げた。

夜中の急患で十分な休息を取れなかろうが、当番であれば朝寝もしていられない。夜明けとともに良衛は目覚めた。

「朝餉《あさげ》の用意ができております」

妻の弥須子《やすこ》が膳《ぜん》を用意した。

矢切家はもと百五十俵の御家人であった。それが典薬頭《てんやくのかみ》今大路《いまおおじ》兵部大輔《ひょうぶだゆう》の娘を嫁にもらったことで、表御番医師へと転じた。

職が変わったとはいえ、禄《ろく》に変化はない。朝餉の内容もずっと同じであった。炊きたての飯に、根深か葱《ねぎ》の味噌汁《みそしる》、漬けもの、それにあれば前夜の煮物の残りがつく。

「馳走《ちそう》であった」

良く噛んだ良衛は、三回お代わりをして食事を終えた。

「行って参る」

「お早いお戻りを」

決まりきった朝の挨拶《あいさつ》を妻と交わした良衛は登城した。

表御番医師は百俵高、かろうじてお目見えできる軽輩である。その役目として表御殿における諸役人の急病、怪我などの治療をおこなった。

「おはようござる」

医師溜《だまり》に入った良衛は、なかにいた先達たちへ挨拶をした。

「なにかお伺いしておくことはございましょうや」

「昨日は特段なにもなかったぞ」

宿直《とのい》番との引き継ぎを終えれば、急患でもないかぎり、一日医師溜で書見をするか、薬研《やげん》を使って材料を砕き、漢方薬を作成するかしかなくなる。

良衛はいつものように薬研を使って、常備薬の調合をしていた。

「お医師」

医師溜の外から声がかかった。

「どうれ」

もっとも役について新しい良衛が応じた。どこでも同じだが、雑用は新任者の役目であった。

「失礼をいたしまする」

外から襖《ふすま》が開けられた。

「御坊主どの、御用かの」

顔を見せたお城坊主へ、良衛は問うた。

「急病人でございまする」

「どのような」

医者としてまず訊《き》くべきは患者の症状である。それに応じて用意する診療道具や薬剤が変わるからであった。

「腹を押さえて、うめいておられるとのこと」

お城坊主が告げた。

「嘔吐《おうと》は」

「……そこまでは」

さらなる問いにお城坊主が困惑した。

「見てきたのではないのか」

「場所が御座《ござ》の間下段襖際でございますので」

責めるような良衛に、お城坊主が言いわけをした。

江戸《えど》城内の雑用係として、老中の執務部屋である御用部屋にさえ立ち入れるお城坊主が、表御殿で唯一出入りできない場所が将軍居室であった。身分尊き将軍の雑用は、目通りのできる旗本の役目だからである。

「御座の間……」

良衛は驚いた。

「腹痛となれば、本道の担当でござろう」

すぐに驚きを消して、良衛は後ろを向いた。良衛はオランダ流外科術の腕をもって、表御番医師を拝命していた。

「御座の間か、ならば愚昧《ぐまい》が参ろう」

本道の医師として最古参の橋下可内《はしもとかない》が、腰をあげた。

「案内を頼む」

「はい」

お城坊主の案内で、橋下可内が出て行った。

「…………」

一時《いっとき》急患騒動でざわついた医師溜だったが、すぐに平穏を取り戻した。

殿中での急病は、その場で手当てを受けたあと、屋敷に帰されるのが慣例であった。軽症の場合などは、投薬だけで役目に戻ることもあるが、ほとんどはその場で下城を許された。

表御番医師の職務は江戸城納戸御門を出るまでであり、それ以降はかかわらなかった。病状が続くならば、自家出入りの医師が治療する決まりであった。

急患騒動も数千人をこえる役人が働く江戸城ではさして珍しいものではない。三日もしないうちに誰もの記憶から消え去った。

表御番医師は、当番、宿直番、非番の繰り返しである。まるまる二日働いて一日休む。宿直明けはそのまま帰宅していいので、実質一日半の休みとなる。

宿直の朝、足りなくなりそうな薬の調合を良衛はしていた。これも新任の医師に押しつけられる厄仕事であった。

「矢切どのよ」

同じ外道医として表御番医師を務める佐川逸斎《さがわいっさい》が、薬研を動かしている良衛へ声をかけた。

「なんでございましょう」

相手は先達である。良衛は手を止めて返答した。

「宇無加布留《うにこうる》をお遣いになったことはござるかの」

「あいにくわたくしごときでは手が届きかねまする」

聞かれた良衛が手を振った。

宇無加布留は一角獣の角を細かく砕いた漢方薬である。

「ご覧になったことは」

「京《きょう》におりましたとき、名古屋玄医《なごやげんい》先生の薬蔵で拝見いたしました」

良衛はオランダ流外科術を杉本忠恵《すぎもとちゅうけい》に学んだあと、本道の研鑽《けんさん》のため京の名医名古屋玄医のもとで修業を積んだ。

「ならば本物か、偽物かの見分けはできましょうか」

「できるとは言えませぬが、なにか」

佐川逸斎へ良衛は問うた。

「じつは唐物問屋の山本屋《やまもとや》清右衛門《せいえもん》が宇無加布留を手に入れて、真贋《しんがん》を見て欲しいと持ちこんで参ったのでござるが、なにぶんにも高価なものゆえ、返答を待たせておりまして。もし、本物ならば、高くとも効能顕著と評判の宇無加布留でござる。買うべきでございましょう。したが、なにぶん見たことさえなく、真贋のつかぬありさまゆえ」

「お役に立てるとは思いませぬが……」

見極めを求められていると知って良衛は避けようとした。

「いや、愚昧よりはましでござろう。本日、七つ半（午後五時ごろ）に、吾《わ》が屋敷へ山本屋を呼んでおくゆえ、ご足労願いたい」

佐川逸斎が逃がさないと言った。

「……まちがえましてもお咎《とが》めくださるな」

「わかっておりまするとも」

さらなる良衛の逃げの一言に佐川逸斎が首肯した。

「しかし、よく宇無加布留が手に入りましたな」

良衛が感心した。

「長崎《ながさき》に来た清《しん》船が積んでいたそうでな。偶然、長崎に行っていた山本屋が大金を積んで、買い求めたとか。二年ほど前、京の薬屋遠藤元理《えんどうもとのり》の『本艸辨疑《ほんぞうべんぎ》』で読んで以来、一度遣ってみたいと思っておった」

うれしそうに佐川逸斎が語った。

宇無加布留は髙貴薬の代表で、鎮痛、解毒の妙薬とされていた。天和《てんな》元年（一六八一）『本艸辨疑』で紹介されて、一躍医師たちの間で評判となったが、その希少さゆえ、まず手にすることはもちろん、見ることとさえ難しいものであった。

「頼みましたぞ」

「はあ」

先達の願いは命令と同じである。断ることはできたが、あとあとに響きかねない。すすまない気を押し殺して、良衛は引き受けざるを得なかった。

宿直勤務の疲れと佐川逸斎の頼みの気重さで、良衛の帰邸の足取りは重かった。

「お疲れのようでございますな」

薬箱、夜具、弁当と宿直道具を抱えた三造がねぎらった。

「昨夜はなにもなかったのだがな……同役の鼾《いびき》がうるさくて、仮眠も満足にできなかった」

良衛が不満を口にした。

宿直番《とのい》は、不寝番《ねずのばん》ではない。寝酒というわけにはいかないが、夜具を被《かぶ》って横になるくらいは見逃されている。もっとも、その夜具は自前で、そのたびに持ち帰らねばならぬゆえ、かなり面倒なのだが、一年で使える炭の量を決められていることもあり、寒さ対策のため、宿直番のときはかならず用意していた。

「お帰りになってお休みになれば」

「そうしたいところだが、お役目とはいえ、一日半も診療を休んだのだ。患家に悪い」

あくびをかみ殺しながら、良衛は首を振った。

「では、一刻《とき》(約二時間)だけ横になられてはいかがでございましょう」

三造が良衛の身体を気遣った。

「たしかに、寝ぼけて診察されては、患家の迷惑だな。一刻か……わかった、風呂《ふろ》と朝餉《あさげ》を入れて一刻、それだけだ」

己の体調と、診療の不安を勘案した良衛が言った。

矢切家は戦場医師の家柄である。足軽として戦いながら、矢や刀槍《とうそう》で傷ついた同僚を治療してきた。戦国が終わり、徳川《とくがわ》方にいた戦場医師のほとんどが御家人となって廃業していくなか、矢切家だけは代々の技を受け継いできていた。

「これからは、一子相伝の時代ではない」

良衛の父は、医学の発展について行けなくなってきていた家伝の治療術に見切りを付け、息子を当時天下一の外道医と評判をとっていた杉本忠恵の弟子にした。

転び伴天連《バテレン》の沢野忠庵《さわのちゅうあん》の娘婿でもあった杉本忠恵は、南蛮渡りの外科術を学んで、幕府の典医にまでなりあがった名医である。その高弟として良衛は知られ、患者も多い。待合室に溢《あふ》れている患者を見た良衛は、結局仮眠をあきらめざるを得なかった。

「先生、まだ仕事しちゃいけやせんか」

先夜肋骨《ろっこつ》を折って来た職人が、晒《さら》しを替えてもらいながら問うた。

「いかんな。ようやく骨がつき始めたばかりだ。今、少しでも力がかかると、また折れるぞ」

あっさりと良衛は否定した。

「ですが、もう、息を吸っても痛くないんでやすがね」

職人が粘った。

「それは、折れたことで内側に曲がった骨が、息をするたびに内臓や筋肉に触っていたのを、もとに戻したからだ。だが、折れた骨はまだひっついてくれていない。せいぜい薄皮が張られたばかり。まだまだ身体を動かすのは駄目だ」

「……申しわけなくて。あっしが酔って、足を踏み外したために、みんなに迷惑を掛けてるのが……たいしてもらっていない日当のなかから、伊佐《いさ》と馬《うま》の二人があっしに金を分けてくれて……疲れ休めの酒を我慢して……」

鼻声で職人が述べた。

「悪いと思うならば、さっさと治せ。いいか、今無理をしてふたたび折れたならば、もっと治るまで長くなるのだぞ。あと二十日も辛抱すればいいだけだ」

「二十日……わかりやした」

職人が肩を落として、診察室を出て行った。

「お疲れさまでございました。患家は今の方でおわりでございまする」

三造が告げた。

「……ふうう。寝るぞ。昼餉《ひるげ》は要らぬ。出かけねばならぬので、八つ半（午後三時ごろ）に起こしてくれ」

良衛はようやくほっとした。

二

寝ているとときの経つのは早い。

「若先生」

「ああ。もう刻限か」

熟睡していた良衛は、三造の声で目覚めた。

「お休みになれましたか」

「よく寝たが、まだ足りぬわ」

文句を言いながら、良衛は起きあがった。

「腹が減ったな。冷や飯と汁だけでいい。持って来てくれ」

良衛は食事の用意を命じた。

「へい」

三造がうなずいた。

いざ鎌倉というときに、ゆっくり飯など喰《く》ってはおれぬ。早飯、早糞《はやぐそ》は武家のならい。良衛はどんぶり飯を二杯、あっというまに片付けた。

「遅くなるかも知れぬが、帰ってから夕餉《ゆうげ》を摂《と》る。皆は先にすませておくように」

「どちらへおでかけでございますか」

給仕についていた妻の弥須子が不審げな顔で訊《き》いた。

「新橋《しんばし》の佐川さまのお宅だ。なにやら、吾《われ》に見てもらいたいものがあるそうでな。今朝方城中で頼まれたのだ」

良衛は答えた。

今大路兵部大輔の側室の娘である弥須子は、他人目《ひとめ》につくほどの美貌《びぼう》であった。己の容姿に自信があるのと、名門から小禄《ろく》の御家人へ嫁に出されたという不満からか、嫉妬《しっと》深かった。己をないがしろにして他の女にうつつをぬかすなど我慢ならないのだ。休みの日に良衛が出かけると聞けば、機嫌が悪くなった。

「新橋……あのあたりには遊び場がございまする」

「馬鹿を言うな。先達に医術のことで呼ばれただけぞ」

まだ疑いの目で見る弥須子に、良衛は嘆息した。

「着替える」

弥須子の相手をしていては遅れかねない。良衛はさっさと常着を脱いだ。

「お気遣いをいただきとうございまする」

さっさとふんどし一つになった良衛へ、弥須子が苦情を言った。

「そなたの前だからだ」

「…………」

言われた弥須子が頬を染めて、横を向いた。

「袴《はかま》を」

「は、はい」

あわてて弥須子が身支度を手伝った。

「行ってくる」

少し機嫌の良くなった弥須子に告げて、良衛は屋敷を出た。

「……女はわからん」

良衛は独りごちた。

「五臓六腑《ごぞうろっぷ》の位置は同じ、ただ、男にはない子宮がある。それがあれほどの差を生むのか」

オランダ流外科術の教本には、人体腑分けの図も載っていた。あいにく良衛は腑分けの経験はないが、どこにどのような内臓があり、どういう働きをしているかは理解していた。

「男の精が、どうやれば十月で子供になるのか。さすがに和蘭陀流外科術でもその謎は解けていない。女というものは、永遠にわからぬのかも知れぬ」

呟《つぶや》きながら、良衛は江戸の町を歩いた。

江戸の庶民は早起きするかわりに、夜には弱い。もともと灯りとなる油や蠟燭《ろうそく》が高価なため、暗くなれば寝るしかなかったことから来た習慣ではあるが、身についたものは強い。泰平になって庶民の生活も多少裕福になったとはいえ、夜明々と灯りをつけるのは、女を置いている店くらいで、庶民たちはさっさと寝てしまう。日のある間に、風呂《ふろ》に行き、夕餉をすませなければならないとなれば、仕事も長くはしていられ

ない。七つ（午後四時ごろ）を過ぎた江戸の町は、家路を急ぐ職人たちで賑《にぎ》わってい
た。
「遅くなりもうした」
きっちり約束の刻限を守って、良衛は佐川逸斎の屋敷に着いた。
佐川逸斎は表御番医師になって十年をこえる。幕府のお抱え医師という看板もあり、
裕福な患者が多いのだろう。佐川の屋敷は良衛のものとは比べものにならないほど、
贅沢《ぜいたく》な作りであった。
「お待ち申しておりました。どうぞ」
門番が、良衛を玄関まで案内し、そこから若い男に代わった。
「お弟子さんか」
「はい。修業をさせていただいております」
問うた良衛に若い弟子が答えた。
「失礼ながら、矢切先生は、和蘭陀流外科術をお学びだとか。漢方とはどこが違いま
しょう」
主《あるじ》の来客に質問をするなど礼を失している。だが、修業中というのは、少しでも知
識を得たいものである。己も経験してきただけに、良衛は無礼を咎《とが》めなかった。
「違いはない」

「…………」

「不満そうだの。秘伝を隠すためにごまかしたのではない」

若い弟子が黙ったのに対し、良衛は苦笑した。

「医術は和漢蘭どれでも、同じよ。ただ一つのためだけにある」

「それはなんでございましょう」

「患者を治す。それに尽きる」

「しかし、漢方と和蘭陀流では、同じ病にでも違った施術をいたしましょう」

まだ納得がいかないと若い弟子が足を止めた。

「そうよなあ。簡単に言えば、漢方はおだやかにときをかけて癒《いや》す。和蘭陀流は急ぎ足に病を抑える」

「早く治るほうがよいのでござれば、和蘭陀流が漢方より優れているということになりませぬか」

己が学んでいる漢方に、けちをつけられたと思ったのか、若い弟子が食ってかかってきた。

「たしかに一部では和蘭陀流が優《まさ》る。だがな、急ぐのが正しいとは限らぬのだ」

良衛はじっと若い弟子を見た。

「少し例を挙げようか。お産は和蘭陀流が向いている。なぜなら、出産の異常はすぐに対処せねば、赤子はもとより母親の命まで危なくなる。多少の危険は無視してでも、施術せねばならぬ。こういうとき、漢方の貼り薬などは間に合わぬ」

「……たしかに」

「では、骨を折るまでいっていない打ち身はどうだ。和蘭陀流外科術でどうにかなるというものではない。これは、漢方の貼り薬がよい。今すぐに痛みや腫《は》れは引かぬが、患部をきれいなままで治せる。和蘭陀流の、腫れているなら切れでは、かえって悪化しよう」

ていねいに良衛は諭した。

「一長一短だと」

「そうだな。だから愚昧《ぐまい》は、本道を名古屋先生に学んだ。己の足らざるを補うために」

医師は僧侶《そうりょ》と同じ扱いを受ける。愚昧とは僧侶が己のことを謙遜《けんそん》していうときに使う。良衛は肯定した。

「師を代えろと」

弟子にとって大きな問題であった。

「違うぞ。貴殿にとって佐川逸斎先生は師である。これは変わらない。ただ、もう一人、いや、一人とは限らぬな。他に師をもてばいい」

「それは誠実さにもとるのでは」

「弟子として師を尊敬するのは当然である。その心さえ揺らがねばよかろう」

良衛は語った。

「…………」

「もういいか。佐川先生をお待たせしてはなるまい」

考えこんだ弟子を、良衛は促した。

「……これは申しわけないことを」

弟子が顔色を変えた。

「先生、矢切さまをお連れいたしました」

廊下に膝《ひざ》をついた弟子が報告した。

「お入りいただけ」

襖《ふすま》越しに返答があった。

「どうぞ」

「すまぬな」

弟子に一礼して、良衛は客間に入った。

「呼びだてしてすまぬな」

佐川逸斎が軽く頭をさげた。

「いえ。珍しいものを見せていただくのでございますれば」

そう応《こた》えて、良衛は右手に座している中年の商人を見た。

「初見かの。紹介しておこう。日本橋小網町《にほんばしこあみちょう》で唐物問屋をやっている山本屋だ」

佐川逸斎が中年の商人へ、顎《あご》を振った。

「初めてお目通りを願いまする。手前、小網町一丁目で唐物問屋を営んでおりまする山本屋清右衛門と申しまする。どうぞ、お見知りおき下さいませ」

山本屋がていねいに腰を折った。

「ご挨拶《あいさつ》いたみいる。矢切良衛でござる」

良衛も名乗った。

「お噂はかねがね。和蘭陀流外科術では、江戸で一番の腕をお持ちだとか」

「止めてくれ。杉本先生に叱《しか》られるわ」

露骨な世辞に、良衛は手を振った。

「山本屋、時刻も遅い。無駄話はまたにせい」

佐川逸斎が割りこんだ。

「はい」

うなずいた山本屋が背後にしていた大きな桐箱を前に出した。

「…………」

良衛は固唾《かたず》を呑《の》んで、桐箱が開けられるのを待った。

「……こちらでございまする」

蓋《ふた》を外した山本屋が、なかから袱紗《ふくさ》に包まれた宇無加布留を出した。

「ご覧くださいませ」

山本屋が、良衛のほうへ、宇無加布留を押した。

「拝見いたす」

良衛は慎重に袱紗をほどいた。

「……これは」

出てきたのは灰色の角であった。先が尖《とが》り、長さは一尺（約三十センチメートル）弱、根元に行くにしたがって大きくなっていた。

「いかがかの」

佐川逸斎が身を乗り出して聞いた。

「清船から、わたくしが直接買い付けました」

「直接……」

自慢げな山本屋に良衛は怪訝《けげん》な顔をした。

「はて、長崎での取引は、すべて会所をとおさねばならぬはずだが」

長崎はオランダ船、清船の入港が認められている唯一の港である。幕府長崎奉行の管轄であったが、そのじつは代々長崎で唐物商を営んできた豪商たちでつくる会所に支配されていた。長崎に揚げられた荷物は、すべて長崎会所が取り扱い、江戸や大坂《おおさか》の商人は、会所から、商品を買い付けるよう決められていた。

「三代も唐物問屋をいたしておりますと、相応の伝手《つて》もできまして」

「……通詞を取りこんだか」

通詞とは、オランダあるいは清との通訳のことである。一応幕府お雇いの身分ではあるが、十分生活できるほどの手当をもらっているわけではない。そこで、馴染《なじ》みの商人に便宜をはからうなどして、金をもらっていた。

「そのへんは、まあ」

良衛の質問に、山本屋が曖昧《あいまい》な笑いを浮かべた。

「質《たち》の悪い通詞だったようだな」

宇無加布留を良衛は袱紗に戻した。

「えっ……」

「偽物だと」

山本屋と佐川逸斎が驚いた。

「長崎の通詞のなかには、知識のない相手を騙《だま》して大枚を巻きあげる良くない輩《やから》が居る。そう、長崎へ留学した友人から聞いたことがございまする」

良衛が言った。

「これは宇無加布留ではないと」

もう一度佐川逸斎が確認した。

「はい。犀角《さいかく》でしょう」

良衛は述べた。

犀角とはその字のとおり、犀の角である。宇無加布留同様解熱、鎮痛の妙薬として知られ、かなり高価なものであった。

「犀角ならば、愚昧も知っている。犀角はなかまでぎっしり詰まっているが、これは空洞であろう。宇無加布留は中空だというぞ」

佐川逸斎が言った。

「加工してあります。手前はていねいに磨いて、刃物の跡を消してありますが、先まででは無理だったのでしょう。痕跡《こんせき》が残っておりまする」

「ごめんくださいませ」

奪うようにして山本屋が犀角を手にした。

「……くそっ」

すぐに山本屋が罵《ののし》りの言葉を吐いた。

「犀角もかなり高いぞ。このようなまねをせずとも儲《もう》かろうに」

まだ佐川逸斎は納得していなかった。

「宇無加布留のほうが高いからでございましょう。山本屋どの」

値段まではわからない。良衛は山本屋に答えを投げた。

「犀角と宇無加布留では、桁《けた》が違いまする。少なくとも数倍の差はございましょう」

山本屋が苦い顔をした。

「しかし、それでも高価な犀角を削るなど……もったいない」

佐川逸斎があきれた。

「……削った犀角は、売れまする」

暗い声で山本屋が述べた。

「なるほど。犀角を使うときは削って粉末にするの。最初からその手間を省いたとも取れる。ものを犀角と知っていれば、問題ないのか」

すぐに佐川逸斎が理解した。

「わかっていて買い取った医者か、薬問屋がいるということでしょう」

良衛も表情をゆがめた。

「かたじけのうございました。危うく恥を掻《か》くところでございました」

落ち着きを取り戻した山本屋が、良衛へ一礼した。

「いや、なんと申してよいのか」

良衛は慰めようがなかった。

「いささか高く付きましたが、勉強代でございました。まともに稼げばすむものを、つい欲に目がくらんでしまいました」

山本屋が反省を口にした。

「買わずにすんだ愚昧《ぐまい》が言うのもなんだが、残念であるな」

微妙な表情で佐川逸斎が慰めた。

「いいえ。偽物を摑《つか》まされたのは商売人として未熟、勉強不足。ですが、それをお客さまに売ったとあれば、商売人失格でございました。あやうく、山本屋の暖簾《のれん》に消せない染みをつけるところでございました」

ほっとしたと山本屋がほほえんだ。

「少し訊《き》かせていただいてよろしいかの」

良衛は山本屋へ問うた。

「どうぞ」

「その宇無加布留を売るという話はどこから」

「最初からお話しいたしまする。じつは、江戸で宇無加布留を求めておられるお方がいると同業者の間で噂が流れておりました。しかしながら、宇無加布留はまず手に入りませぬ。そんなころ、わたくしのところへとある名門のお大名さまがお見えになり、宇無加布留をなんとしてでも欲しいと望まれました」

山本屋が説明を始めた。

「無理だとお断りをいたしたのですが、どうしてもと強く望まれまして。それも初見のお客さまではなく、先代よりお付き合いをいただいているお方でございましたので、無碍《むげ》にもできず、長崎まで仕入れに行ってみますが、それで手に入らなければおあきらめくださいと念を押して、かの地へ出向いたのでございまする」

「…………」

無言で良衛は聞いた。

「着いて驚きました。江戸で宇無加布留を欲しがっていると長崎でも評判になっておりまして、会所に顔を出したわたくしにも、頭取が苦笑をなさいました」

「長崎でも……」

「はい。ご存じのとおり、商いは欲しがるお客さまと売り手の間の需給で値段は決まりまする。ものがなく、欲しいというお客さまが多ければ多いほど、値段はあがりまする。会所で宇無加布留の値段を聞いたとき、わたくしは絶句いたしました」

安く仕入れ、高く売ることで商売は成り立つ。わざわざ長崎まで出かけた旅費と滞在費用、かかった日数を他の商いに向けていた場合の儲け、少なくとも宇無加布留にはこれだけの経費がかかっているのだ。高騰した仕入れ値にこの経費を上乗せしたならば、とてもまともな金額ではなくなる。

「それでもまだものが入れば、どうにかできまする。お一人でお買い上げいただけなければ、数人でお分けいただいても結構でございますゆえ」

「ああ」

良衛も理解した。

漢方の薬で使う唐物やオランダものは、安定供給されない。なにせ、海を渡って運ばれてくるのだ。オランダや清の国情で船が出なくなったり、航海の最中に難破したりして、数ヵ月から数年、我が国にものが届かないということもある。そうなれば、値段は跳ね上がる。たとえば高麗人参がそうだ。労咳《ろうがい》などの体力を失いつつある患者の滋養に著効を発する高麗人参は、医者にとって常備しておきたい薬ながら、輸入に頼らざるを得ないという事情もあり、値段が安定しない。長く清の船が来なかったり、来ても積んでいなかったりすると、あっという間に数倍になる。となれば、良衛ていどの医師ではとても手が出なくなり、豪商や大名家を患者として抱える名のある医師たちだけが買える。

なれど、患者には薬が要る。そこで良衛とよく似た規模の医師が集まって、金を出し合い、高麗人参を買い求め、出した金額に応じて分割するのだ。

「そんなに宇無加布留が流行《はや》っているのか」

佐川逸斎が目をむいた。

「といっても、大坂や京の商人はおりませず、江戸と長崎の者ばかりでございましたが、皆、血眼で宇無加布留を探しておりました」

そのときの情景を思い浮かべたのか、山本屋が嘆息した。

「江戸と長崎の商人……だけ」

良衛は首をかしげた。京に長くいた良衛は、大坂の商人ともつきあいがあった。金が儲かると聞いて、動かないような連中ではない。大坂商人が動かない。金儲けを逃がさない大坂商人が手を出さない。それは儲けよりも危険が高いとの意味であった。

「長崎の商人はいつものことでございますよ。到来物の値が上がりつつあると知ると、地元の伝手《つて》を利用して、ものを仕入れ、江戸や大坂の商人へ転売して利鞘《りざや》を稼ごうとしているので」

嫌そうな顔を山本屋がした。

「出遅れたわたくしは、長崎まで行って途方に暮れました」

「会所の下役に鼻薬を嗅《か》がせるとかしなかったのか」

賄賂《わいろ》の話を佐川逸斎が持ち出した。

「その鼻薬の相場が十両にあがっておりましたうえ、すでにあちこちから金をもらってしまったため、下役たちも身動きできない状態になって……」

山本屋があきれた。

長崎会所は一応幕府依託の役所扱いを受けている。そこに勤めている下役、通詞などは、幕府雇用人として一定の権限を持っていた。その権限を使った便宜を図ってもらうため、商人は袖《そで》の下を渡す。それさえも飽和状態だったと山本屋が言った。

「長崎で無為に日を過ごしておりましたが、これはもう駄目だとあきらめて帰ることにいたし、ここまで来ておいて、丸山《まるやま》の匂いを嗅がずに戻るのもなと、登楼したところで耳寄りな話を聞いたのでございまする」

丸山とは長崎の遊郭である。長崎まで仕入れに来る江戸や大坂の唐物商たちで賑《にぎ》わい、江戸の吉原《よしわら》、京の島原《しまばら》、大坂の島之内《しまのうち》と比されるほど有名であった。

唐物が手に入りやすいというのもあり、遊郭のなかは独特の色合いや飾り付けを施してある。また、丸山の遊女のなかには、出島《でじま》まで出向いて、オランダ人の相手をする者もおり、それらがさらに異国情緒を増して、人気を博していた。

「年甲斐《としがい》もなく恥ずかしい話ではございますが、一夜限りの相手となる遊妓《ゆうぎ》を買いましたところ、言葉づかいが違うからか、お客さんも唐物を買いにお見えか訊かれまして、そうだと応《こた》えると、その遊女の馴染《なじ》みの通詞が、なにやら珍しいものを持っていると言いまして」

山本屋が事情を語った。

「で、翌日、その通詞と名乗る男に会いましたところ、これを宇無加布留だと……もう、手立てもなく、手ぶらで損だけ抱えて帰るしかないとあきらめていましたところだったので、つい」

話し終えた山本屋が、肩を落とした。

「値はどうだったのだ」

「宇無加布留を扱ったことはございませんので、相場というものを存じませんが……会所で聞かされた、今の取引金額の半分ほどでございました」

値段は口にしなかったが、山本屋はそれほど高くはなかったと告げた。

「おかしいとは思わなかったのか」

佐川逸斎が問うた。

「あのときは、必死でございましたので」

山本屋が頭《こうべ》を垂れた。

「ではなぜ、すぐに客のところへ持っていかなかったのだ」

もう一つ佐川逸斎が訊いた。

「江戸に着いたとたん、不安になりまして。なにせ宇無加布留など見たこともございません。商売人として偽物をお売りするなど論外。そこで、お出入りを願っている佐川さまに見ていただこうと思いました」

「なるほどの。聞けば無理もないの」

慎重な人でも騙《だま》されるときはある。いろいろな条件が重なったとき、人はあっさりと騙されてしまう。山本屋もその状態だったのだと、佐川逸斎が納得した。

「矢切さまにもご足労をいただきましたこと、申しわけなく思っております。御礼は後日、お屋敷まで伺わせていただいたおりにさせていただきまする。では、わたくしはこれで」

恥ずかしいのか、山本屋はそそくさと犀角《さいかく》をもとの箱に戻して、去っていった。

「すまなかったの」

見送った佐川逸斎が詫《わ》びを口にした。

「いえ。山本屋どのには気の毒ながら、おもしろいものを見せていただきました」

良衛は首を横に振った。

「しかし、宇無加布留がそうそうあるものなのかの」

佐川逸斎が疑問を呈した。

「御上でさえ、和蘭陀から献上されたものしかないというに」

江戸城の宝蔵に、宇無加布留はあった。三代将軍家光《いえみつ》にオランダ商館から万病の妙薬として贈られたものである。将軍への献上品は厳重に保管され、年に一度の虫干しのときだけしか外に出ない。虫干しも宝蔵番頭とその配下の同心たちだけでおこなうため、立ち会いの目付にでもならないかぎり、目にすることはできなかった。

「使われた記録はございませぬので」

良衛が問うた。

「一度だけ使われたというが……」

語尾を佐川逸斎が自信なさげに消した。

「…………」

「いや、愚昧《ぐまい》がその場にいたわけではないのでな。聞いただけぞ。それもかなり古い。我らの前の前の前くらいの先達から、噂話のようにして受け継がれてきたものでな」

佐川逸斎が話し始めた。

「噂によると、宇無加布留が使われたのは、春日局《かすがのつぼね》さまのご病気のおりだという。春日局さまがご病気になられたのは、寛永《かんえい》二十年（一六四三）のこと。回復の難しい病状に、三代将軍家光さまが、霊薬として名高かった宇無加布留を処方させた」

「効果のほどは」

ぐっと良衛は身を乗り出した。医者として、聞き逃せなかった。

「わからぬ」

「……わからぬとは」

良衛は首をかしげた。

医者にとって薬には二種類しかなかった。患者に対し、効いたか効かなかったか、そのどちらかだけなのだ。

「飲まれなかったからだ」

「……それは」

佐川逸斎の答えに、良衛は驚いた。どんな妙薬でも、服用しなければなんの意味もない。

「なぜでございましょう。将軍家からの賜りものをお断りするなど、いかに春日局さまとはいえ、許されることではございますまい」

良衛の不審は当然であった。

「それが、春日局さまには、大義名分があったのだ」

「患者が薬を飲まない大義名分……断ちものでございますか」

すぐに良衛は思いあたった。

断ちものとは、なにかの願を掛ける代わりに、好物や大切なものを生涯断つことをいう。茶断ち、酒断ちなど、いろいろなものがあった。

「そうだ。春日局さまは薬断ちをしておられた」

「それはまた……」

薬断ちは、命にかかわるだけに、あまりなされるものではなかった。

「しかし、将軍の命を拒めるほどのものではございますまいに」

いかに神仏への断ちものとはいえ、将軍の命にしたがうのが家臣の務めである。良衛の疑問は当然であった。

「その薬断ちのもとが、家光さまにかかわっていたのだ。まだ家光さまがお若いころ、きついはしかにかかられて命も危ないことがあった。そのとき、春日局さまは、吾《わ》が生涯をつうじて、どのような病になろうとも薬を口にしないと願をかけられ、家光さまはその後快癒されたそうでな。春日局さまは、もし、今、わたくしが命惜しさに薬を口にすれば、家光さまに神罰があたってしまうかも知れないと首を横に振られた。さすがに家光さまのお命とお比べするわけにもいかず、削られた宇無加布留は廃棄されたらしい」

佐川逸斎が語った。

「なんともまあ、深いことでございますな」

良衛は春日局が家光に向けた想いに感心した。

「母親でもなかなかに難しいほどの愛情としかいえぬ」

佐川逸斎も同意した。

「結局のところ、宇無加布留についてはなにもわからぬと」

「そうなるな。名古屋玄医先生はどうだったのだ」

ぎゃくに佐川逸斎が尋ねた。

「わたくしがお世話になっている間に、宇無加布留が使われたことはございませなんだ」

良衛は告げた。

「ふうむう」

佐川逸斎が難しい顔をした。

「効くかどうかさえわからぬのに、名前だけが先行している状態か」

「よろしくございませんな」

同様に良衛も眉《まゆ》をひそめた。

医者は経験を基にした職業である。こういう病状ならば、この臓器が悪いとか、この筋が張るときは、ここの骨が原因であるとか、経験を積んで覚えていく。薬も同じなのだ。

この薬はこういう風に効くと実際に見ることで理解する。その法則から宇無加布留は外れていた。

「江戸で強く欲しがっている人がいる。それも医者ではない」

大きく佐川逸斎が嘆息した。医者ではないと断定したのは、山本屋が宇無加布留の真贋《しんがん》判定を佐川逸斎に求めてきたことからの推測であった。

「素人が薬を欲しがる。それも、実績のない名前だけの高貴薬を。よろしくありませぬ」

良衛も懸念を表した。

「薬は、医者が各人に合わせて処方するからこそ、効く。薬は使いかた一つで毒にもなる。素人が触っていいものではない」

「山本屋に欲しがっている客を教えてもらうわけには……」

「無駄だな。商人は客の話をしない。とくに唐物屋はな。ご禁制のものを取り扱うこともあるのだ。信用をなくせば、潰《つぶ》れる」

佐川逸斎が否定した。

唐物問屋は、清やオランダから輸入された商品も売る。我が国では生産できない珍しいものだけに、値段は高額になる。それだけの金を珍品に払える客ともなれば、他人の持っていないものを欲しがることもある。得意先の無理を商人はきかなければならない。こうして表では売り買いできないものを密《ひそ》かにやりとりする。もちろん、かなりの金額を請求するが、それには口止め料も含まれている。もし、顧客の内情を誰かにしゃべったならば、上得意の客を失ってしまう。商人が客について口を開くのは、御上のお取り調べのときだけであった。

「引き留めてしまったの。今日はすまなかった」

そろそろ帰れと佐川逸斎が言った。

「いえ。では、これで」

良衛は一礼して、佐川逸斎の屋敷を辞去した。

三

医者というのは忙しい。

「酒は断っているか」

「それが、つい、夜になると飲みたくなりやして」

年老いた大工の棟梁《とうりょう》が頭をかいた。

「いかんな。おぬしの肝の臓は長年の飲酒で、硬くなってしまっている。このままでは、近いうちに酒毒を分解できなくなるぞ。酒を我慢せねばならぬと、申したであろう」

良衛が叱《しか》った。

「でも、お薬をいただいたお陰で、ずいぶんと楽になりやした。このままお薬を続けていれば、酒を断たなくても……」

「死ぬぞ」

冷たく良衛が告げた。

「………」

棟梁が黙った。

「薬は、いつか効かなくなる。人の身体が薬に慣れてしまうからだ。酒と同じよ。最初は少しで酔えたのが、毎日飲んでいるうちに、一合では酔えなくなり、二合、三合と増えていく。わかるであろう」

「薬の量を多くすれば……」

「余計悪い。塩のきいている干物はうまい。だが、塩が強すぎるものは辛くて喰《く》えまい。薬にも適量というのがある。それをこえれば、薬は毒になる。すでに棟梁にお渡ししている薬は限界に達している」

抗弁する棟梁に良衛は告げた。

「たった一つの楽しみなんで。一日鉋《かんな》と鎚《つち》を振るって、汗掻《か》いて、風呂《ふろ》へ入った後、くっと飲む冷や酒がたまりません。この一口のために、働いているようなもので」

棟梁があきらめきれないと述べた。

「仕事を辞めなさい。息子さんも立派な大工になっているというではないか。親一人くらい、養うに困るまい」

「まだまだ息子の世話になんぞなれますかい」

良衛の勧めに棟梁が首を振った。

「棟梁、医者としてではなく、おぬしに家作を頼んでいる客として言わせてもらおう」

「……なんでやす。どこぞ、雨漏りでもしやしたか」

棟梁が良衛を見た。

「酒のために仕事をされたのでは迷惑だ」

「……えっ」

良衛に言われた棟梁が絶句した。

「わたしは、棟梁が仕事に命をかけているとばかり思っていた。だから、ずっと屋敷の造作などは、すべてお任せしてきた。それがまちがいだったとは残念だ。酒に命をかけるような大工に、屋敷を預けるわけにはいかぬ」

「…………」

聞かされた棟梁の顔はゆがんだ。

「今後は別の大工に頼むとする。出入りは今日をもって遠慮してもらおう」

冷たく良衛が告げた。

「……先生」

棟梁が愕然《がくぜん》とした。

「いつもどおり薬はお出ししておく。三造、次の方を」

「へい。棟梁、お立ちなさい。お帰りはあちらだ」

三造も淡々とした扱いで棟梁を促した。

「お待ちくだせえ」

棟梁が三造の手を払った。

「あっしの仕事が手抜きだとおっしゃるので。となれば、いかに先生といえども勘弁できやせんぜ」

「そうとれるような発言をしたのは、おぬしだぞ」

「……うっ」

良衛に言い返されて棟梁が詰まった。

「手が震えたりはしないか」

「えっ」

不意に問いかけられて棟梁がうろたえた。

「鉋は以前のように、薄紙のように削れているか」

「それは……」

棟梁が口ごもった。

「目はどうだ。ちゃんと木の柾目《まさめ》を読めているか」

「…………」

「酒毒がかなり回っている証拠だな。もう、退《ひ》きどきだぞ」

良衛は声をやわらげた。

「なんとかなりやせんか」

泣きそうな声を棟梁が出した。

「酒を断って、これ以上進まないようにするしかない。人の身体はうまくできている。酒を断てば、酒毒も徐々に抜けてくれる。とはいえ、若いときのように早くはない。そして完全に抜けることもない。肝の臓は一度やられてしまうと、もとのように戻ってはくれぬ」

非情な内容を良衛は教えた。

「解毒の薬は……」

「ない」

はっきりと良衛は否定した。

「そんな……」

「酒の毒は、長い間を掛けて肝の臓に蓄積する。溜《た》まりに溜まった毒素を一気に解放するような薬はない。あるとすれば神の薬、仙薬だ」

「神の薬……先生、宇無加布留というやつでございますか」

棟梁がきっと顔をあげた。

「……どうしてその名前を」

先夜に続いて聞かされた宇無加布留の名前に、良衛は驚愕《きょうがく》した。

「この間、蔵の補修をした商家で聞きやした。南蛮渡りの妙薬で、どのような毒でも払ってみせると。それならば、あっしの酒毒も……」

期待の目で、棟梁が良衛を見た。

「わからぬ」

良衛は首を横に振った。

「わからねえとはどういうことで」

「宇無加布留という薬があるとは知っている。だが、使ったことはない。もちろん手元にもない。効いたという話も耳にしたことがない」

否定を良衛は重ねるしかなかった。

「あるんでやしょう」

「宇無加布留という薬はな」

「では、そいつを使ってくださいよ」

棟梁が頼んだ。

「効くかどうかわからぬだけでなく、どういう作用がでるかさえ知られていないのだ。使えぬ」

ふたたび良衛は拒んだ。

「……知らねえんだな。てめえ、医者の顔をしているだけの藪《やぶ》だろう」

頑《かたく》なな良衛に棟梁《とうりょう》が怒った。

「そう言われてもしかたない。まこと恥ずかしい話ながら、見たことがあるだけなのだ。おそらく江戸にはあるまい。お城にあるものを除いてはな」

素直に良衛は認めた。

「じゃあ、なんで、望月《もちづき》屋の旦那《だんな》が知っていたんだ」

「さてな。ただ、江戸で噂になっているとは知っている。棟梁、その望月屋とは、深《ふか》川《がわ》の口入れ屋か」

「そうだ」

棟梁がうなずいた。

「口入れ屋ならば、江戸の噂に詳しくて当然か……」

「おい、もう二度と来ないからな。このあたりに、てめえの悪口を広めてやる」

あきらめきれない棟梁が吐き捨てるように言った。

「かまわぬが、宇無加布留を吾《われ》が持っていても、おぬしには使えぬぞ」

良衛が告げた。

「嫌な野郎だ。意趣返しでそんなことを言うなんて」

棟梁が睨《にら》んだ。

「値段がとてつもなく高い」

「なんだと……」

「これだけ江戸で評判になっていながら、現物はない。将軍家でさえ、一本しかお持ちではない。高くて当然であろう。おそらく、一回分で五十両はする。いや、百両かも」

「……ば、馬鹿いうねえ。五十両なんて大金、払えるわけないだろう」

金額に棟梁が引いた。

「嘘ではない。本物の宇無加布留ならば、それくらいはするだろう」

「つきあいきれねえ」

気を削《そ》がれたのか、棟梁が去っていった。

午前中の診療を終えた良衛は、薬箱を持って屋敷を出た。

「往診先は二軒か、急げば半刻《とき》（約一時間）ほどで終わるな」

良衛は、早足で二軒の患家を訪れた。といっても、診療に手は抜けない。患者の容体の確認に思わぬときを喰《く》い、二軒目の患家を出たときには、もう八つ（午後二時ごろ）となっていた。

「昼餉《ひるげ》を摂《と》りに帰っていては遅くなるな」

良衛は両国橋《りょうごく》へと足を向けた。

天下の城下町として膨張をし続ける江戸には、地方で喰いかねた者や、一旗揚げようと考える者が大量に流れこんできていた。

そういう者のほとんどは男である。一日働いて日当をもらう人足仕事に就く連中や、店を持たない行商人などは、独り身のことが多い。仕事を終えたら、家には寝に帰るだけで、料理などしない。いやできない。となれば、そういう連中を相手にする食いものの店が出てくる。

「じゃまをする」

良衛は両国橋の袂《たもと》で店を開いている煮売り屋で昼餉をすませることにした。

「おいでなさいやし」

「飯を大盛りで。肴《さかな》はその煮付けでいい。汁も頼む」

白髪の交じった親爺《おやじ》へ、良衛は注文した。

「へい」

屋台の飯は冷えていた。屋台が火を使うのを幕府は禁止していた。火だけではない。なにかあったときにはすぐに移動する決まりもあった。客も座らず、立ち食いであった。

冷や飯に、冷えた味噌汁《みそしる》をぶっかけ、醤油《しょうゆ》の味しかしない煮付けをおかずに、良衛は食事を終えた。

「馳走《ちそう》であった」

良衛は小粒銀を一つ親爺に渡した。

「今、お釣りを」

親爺が懐へ手を入れた。

「いや、いい」

「そりゃあ、どうも」

釣り銭をもらえるとわかった親爺が顔をほころばせた。

「一つ訊《き》きたいが」

時分どきを過ぎた屋台に他の客はいなかった。

「なんでござんしょう」

機嫌良く親爺が受けた。

「宇無加布留というのを聞いたことはないか」

「うにこ……なんでやす」

親爺が首をかしげた。

「いや、それならいい。では、望月屋を知っているか」

「橋を渡ってすぐの口入れ屋さんなら」

「主《あるじ》はどういう人物だ」

良衛が問うた。

「さようでございますねえ……」

言いかけた親爺が、あたりを窺《うかが》うように目を走らせた。

「これは内緒にしていただきたいのでございますが……あちこちの御大名さまから出入りを許されている口入れ屋は隠れ蓑《みの》で、裏でかなりあくどいことをしているという噂で。あくまでも噂でございますが」

念を押して親爺が噂話だと言い張った。

「わかっているとも。噂か。かたじけない」

軽く手を振って良衛は、屋台を出た。

「あくどい……」

良衛は表情を硬くした。

両国橋をこえた良衛は、三丁（約三百三十メートル）ほど進んで、辻《つじ》を右に曲がった。

江戸湾を埋め立てた深川は、水はけが悪い。それをなんとかするため、深川には多くの水路が作られていた。

望月屋はその水路に面していた。

「大店《おおだな》だな」

少し離れたところから見て良衛は驚いた。

「間口三間（約五・四メートル）はあるぞ」

三間間口あるかどうかが、大店かどうかの区切りとなる。

「人の出入りも頻繁だな」

しばらく良衛は望月屋を観察した。

「こうしていてもしかたないな」

良衛は思いきって望月屋を訪ねた。

「ご免」

「へい。おいでなさいまし」

暖簾《のれん》を潜った良衛を、怪訝《けげん》そうな番頭が迎えた。

外道医は頭を剃《そ》っている。羽織袴《はおりはかま》を身につけた禿頭《とくとう》の男となれば、まず医者である。

番頭が不思議そうな顔をしたのも当然であった。

「拙者、矢切良衛と申す医師だが、主どのはご在宅か」

「おりまするが、ご用件は」

みょうな顔をしたまま、番頭が問うた。

「ちとお話ししたいことがございまして……宇無加布留の」

「……宇無加布留。し、しばらくお待ちを」

あわてて番頭が引っこんだ。

「番頭まで知っているか」

棟梁《とうりょう》が耳にしたとはいえ、番頭までが宇無加布留の名前を知っている。良衛は驚いた。

「どうぞ」

走るようにして番頭が戻ってきた。

「すまぬの」

良衛は番頭の案内に従った。

「お初にお目にかかりまする。わたくしが当家の主、望月屋藤右衛門《とうえもん》でございまする。本日は宇無加布留についてお話をお持ちくださったとか」

慇懃《いんぎん》な対応で、中年の商人が良衛を出迎えた。

「表御番医師矢切良衛と申す」

「……表御番医師さま」

肩書きに望月屋が驚愕《きょうがく》した。

「早速だが、話に入らせていただく。宇無加布留のことを存じておるな」

身分を明らかにしたのだ。良衛は口調を尊大なものに変化させた。

「……はい」

望月屋が警戒を見せた。

「宇無加布留は高貴薬、いや珍薬だ。医師でも知っておる者は多くない。それをどうして知った」

「噂でございまする」

「……噂だと」

答えに良衛は頰をゆがめた。

「さようでございまする。どこで聞いたかは、失念してしまいましたが、商人仲間の集まりで、宇無加布留という薬を探しておられるお方があると。わたくしは口入れ家業を営んでおりまする関係上、いろいろ世間さまに顔が利きまする。そこでまあ、お役に立てるかも知れないと考えまして、宇無加布留のことを探しておりました」

筋だった説明を望月屋がした。

「失礼ながら、わたくしが宇無加布留のことを探していると、どこでお知りに」

逆に望月屋が訊いてきた。

「噂だ。医者をやっているからな。患者からいろいろな話を聞く」

「……………」

意趣返しに近い良衛の回答に、望月屋が黙った。

「宇無加布留、いくらでなら買う」

「本物でございましょうな」

望月屋が良衛を見た。

「ものはまちがいない」

良衛は保証した。

「一本まるまるならば、二十両」

「話にならん」

値段に良衛はあきれた。

二十両は大金であった。一両あれば米がおよそ一石買えた。武家奉公でもっとも給金の低い者が三両二人扶持、人足なら一両で二十日は雇える。

「宇無加布留一本で二十両とは、とても世間を知っている口入れ屋とは思えぬ」

山本屋から宇無加布留の値段が高騰していると聞いている。良衛は強気に出た。

「五十両では、いかがで」

「けたが違いはせんか」

「…………」

望月屋の雰囲気が変わった。

「百両なら文句ございますまい」

「最初の五倍か。ずいぶん張りこんだように見えるが、おぬしはそれをいくらで売るつもりだ。三百、いや五百か、千両ということもありえるな」

良衛は下卑た笑いを浮かべた。

「……あまり欲をおかきにならないほうがよろしいかと」

脅すように望月屋が言った。

「望月屋、宇無加布留をどこに売る」

「直接持ちこむつもりか」

望月屋が声を低くした。

「まあ、そうなるな。もちろん、ただとは言わぬ。口利き料として、売値の一割を渡そう」

「五百両からのもうけをふいにして、百両にも満たない額で辛抱しろ。ふざけちゃいけねえ。黙ってものを渡しな」

「ただで奪おうと」

「おいっ」

嘲《あざけ》るような良衛の反応に、望月屋が大声をあげた。

「…………」

襖《ふすま》を開けて、体軀《たいく》の大きな男たちが現れた。

「旦那《だんな》、どういたしやしょう。海へ沈めやすか」

威圧のためか、良衛をにらみつけながら四人の男たちが囲んだ。

「生きて店を出たければ、宇無加布留を出せ」

勝ち誇った顔で、望月屋が手を出した。

「……馬鹿らしい」

良衛は大きく嘆息した。

「宇無加布留がどういったものかさえ知らないとは」

「なんだと」

望月屋が激した。

「宇無加布留は一角獣の角だ。長さはおよそ六尺（約一・八メートル）以上ある。懐に入るものか」

「……どこにある」

「江戸城富士見宝蔵よ」

「…………」

教えた良衛に、望月屋が絶句した。

「一度も吾《われ》が持っているなどと言った覚えはないぞ」

「こいつ……」

「旦那、やりますか」

憤怒《ふんぬ》した望月屋に男が問うた。

「わかっているか。吾は表御番医師だ。大目付さまの治療も手がけている。吾に何かあれば、町奉行所ではなく、目付たちが動く。金でどうにかできる相手ではないぞ」

良衛が脅し返した。

「くそっ」

望月屋が悔しそうな顔をした。

「で、誰が欲しがっているのだ」

「知らぬ。たとえ知っていても言うものか」

再度尋ねられた望月屋が、横を向いた。

「まあいい。いずれはわかる」

良衛は、これ以上いても意味はないと立ち上がった。

「月のある夜だけではないと思えよ。今度深川に足を踏み入れるときは覚悟してくることだ」

望月屋が声をかけた。

「医者を脅すときは気をつけるんだな」

「どういう意味だ」

「患者にどこの誰がいるか、わからぬだろう。浅草《あさくさ》の駿河《するが》屋喜久蔵《きくぞう》どのは、十年をこえて治療にお見えだ」

「観音《かんのん》の親爺《おやじ》……」

名前を聞いた望月屋が息をのんだ。

「……この」

一人の男が良衛へ手を伸ばした。

「止《よ》せ」

望月屋が止めた。

「ですが……」

「観音の親爺のかかわりだ。隠居したとはいえ、観音の親爺の力は大きい。一時は二百人からの配下を抱えていたのだぞ」

「二百……」

男が絶句した。

「ではな」

良衛は望月屋を後にした。

「……若造め。ふざけたまねをしてくれた。しかし、宇無加布留の噂が広まるのはわかっていたが、表御番医師までがかかわってくるとは……これは御家老さまにお知らせしたほうがよさそうだ。ちょっと出てくる」
望月屋があわてて店を出て行った。

第二章　台所の陰

一

五代将軍綱吉《つなよし》の前で、老中大久保加賀守《おおくぼかがのかみ》が呆然《ぼうぜん》としていた。

「畏《おそ》れ入りまするが、今、なんと仰せられましたか」

老齢に達している大久保加賀守が問い返した。

「聞こえなかったか。ならぬと言った」

綱吉が繰り返した。

「なぜでございましょう。松平《まつだいら》家は、神君家康《いえやす》さまの御次男、結城秀康《ゆうきひでやす》公を始祖とする名門でございまする。騒動を起こしたゆえ、藩は取りつぶし、藩主光長《みつなが》公は流罪となりましたはいたしかたなきことでございまするが、ご一門をこのまま放置するは、徳川のお名前にもかかわるかと御用部屋一同勘案いたしまして……」

大久保加賀守が延々と話をした。

ことはいつものように朝の政務を終えて休息へ移った綱吉へ、老中大久保加賀守が目通りを願ったことに端を発していた。

大久保加賀守は、高田《たかだ》騒動の裁可で改易と決まった越後《えちご》高田藩の再興を求めていたのである。

「耳が遠くなったのか」

激するでもなく、綱吉が普通の口調で訊《き》いた。

高田騒動とは、越後高田松平二十六万石で起こったお家騒動である。藩主松平光長は、家康の次男結城秀康の孫にあたる名門だったが、父忠直《ただなお》の乱行のお陰で越前福井藩六十七万石の跡取りから、高田二十六万石へと左遷された。とはいえ、光長には優秀な老臣が付けられ、越後高田藩の政はうまく回っていた。それを越後地震が変えた。家老小栗五郎左衛門《おぐりごろうざえもん》、荻田隼人《おぎたはやと》が自邸の倒壊に巻きこまれて圧死してしまった。

跡を継いだ小栗美作《みまさか》と荻田主馬《しゅめ》も一廉《ひとかど》の人物だったが、あいにく父同士のように手を組めなかった。筆頭家老小栗美作の改革に荻田主馬が反対、藩を二つに割った。そこへ、光長の嫡男が死んだ。お定まりの跡目問題である。光長の裁定で世継ぎは、甥《おい》の万徳丸《まんとくまる》と決まったが、外された光長の異母弟永見大蔵《ながみおおくら》は納得せず、荻田主馬と組んで、藩政掌握を狙い始めた。

愚かではなかったが、光長には騒動を押さえるだけの気概はなかった。光長は騒動の沈静を当時の大老酒井雅楽頭《さかいうたのかみ》に依頼した。依頼を受けた酒井雅楽頭は和解を勧告、大老の権威を怖れて、騒動は治まったかに見えた。だが、すぐに再燃した。己の威光をないがしろにされた酒井雅楽頭は激怒、永見大蔵、荻田主馬たちを大名預けとした。このとき、松平光長、万徳丸、筆頭家老小栗美作はお咎《とが》め無しだった。

それを将軍になった綱吉がひっくり返した。家綱の弟である己ではなく、京から宮将軍を迎えようとした大老酒井雅楽頭の施策を綱吉は崩した。

綱吉は、小栗美作を切腹にしたうえ、松平光長を伊予《いよ》松山、万徳丸を備後《びんご》福山へ預け、越後高田藩を潰《つぶ》した。

「いえ。お言葉は聞かせていただきました。ですが、徳川のご一門、譜代の名門は、大きな失敗を起こし、改易とされても、後日その血統を惜しんで、縁のある者に名跡を継がせるのが慣例。越後高田松平家を再興なさいますれば、天下万民、上様の御寛容さに感銘を受け、ますます忠勤を励みましょう。もちろん、越後高田松平は、二度と上様にお手向かいするようなまねはいたしますまい」

大久保加賀守がさらに言い募った。

たしかに、大久保加賀守の言うとおりの処置を受けた大名は多い。先祖の功績を惜しみ、その祭祀《さいし》を司《つかさど》る子孫を残すという温情で、もとの石高を減らして縁者に、家を継がせる。そうすることで、己もいつ潰されるかわからないと恐怖する譜代大名たちの心を落ち着かせるのだ。

施政の一手段といえる。それを綱吉は拒否した。

「おもしろいことを申すな」

綱吉が口の端をつりあげた。

「な、なにか……」

大久保加賀守が綱吉の変化にたじろいだ。

「家を再興させねば、越後松平は、躬《み》に手向かうと」

「……そ、そのようなことは」

失言に気づいた大久保加賀守の顔色が変わった。

「躬は将軍である。将軍はすべての武家を統轄する。すなわち、この国におるすべての武士は躬に忠誠を誓う。そう思っていたが、違うようだ」

「とんでもございませぬ」

あわてて大久保加賀守が否定した。

「ただ、上様のご恩情を天下に知らしめる好機であると考えましただけで……」

「越後松平の再興が目的ではあるまい。酒井雅楽頭の名誉回復であろう」

「……つっ」

言われた大久保加賀守が息を呑《の》んだ。

大久保加賀守、いや、御用部屋にいる老中たちの意図を、綱吉はしっかり把握していた。

将軍継嗣問題で、綱吉に嫌われた酒井雅楽頭は、在任中に不手際有りとして、大老職を解任、江戸城大手《おおて》門前に与えられていた屋敷を取りあげられた。

もちろん、在任中の不手際とは、綱吉の将軍就任を邪魔したことだが、露骨な報復は狭量として避けられる。綱吉は酒井雅楽頭の大老就任中の不手際を明らかにするため、高田騒動を利用した。酒井雅楽頭解任の原因を高田騒動に押しつけるため、綱吉は将軍就任早々再審し、逆転裁決を言い渡した。

「高田騒動の主役は、松平光長、いや、すでに隠居していたゆえ万徳丸だ。万徳丸はまだ幼い。越後高田を再興させるならば、万徳丸になる。咎めを受けた者が、許される。となれば、その審議で不手際を指摘された酒井雅楽頭にも恩赦が行く。躬に忌避された酒井雅楽頭家に、もう一度執政として復帰する道筋ができる。さすがに躬の治世では無理だが、罪を消されていれば、次の代でも復帰も可能。躬の許しを得たという形が欲しい。そうであろう」

綱吉が嘲笑《ちょうしょう》した。

「……そのようなつもりは……」

大久保加賀守が汗を掻《か》いた。

「ほう。そこまで考えが及ばなかったと」

「さようでございまする」

身分高い人の前で、汗を拭《ぬぐ》うわけにもいかない。大久保加賀守の額から汗が伝った。

「そろそろ隠居してはどうだ」

不意に綱吉が言った。

「な、なにを」

さっと大久保加賀守の顔色が変わった。

「そなたは、躬のもとへ膝《ひざ》をついたと思っていたのだが、違ったようだ」

綱吉が表情を消した。

大久保加賀守は、綱吉を五代将軍とした功績で大老となった堀田筑前守正俊《ほったちくぜんのかみまさとし》の殿中刃傷にかかわっていた。寵臣《ちょうしん》を殺されて怒った綱吉が、その刃傷の裏にいた者を見つけ出すよう厳命、大目付松平対馬守《つしまのかみ》らの探索で、老中たちの共謀だったと判明した。ただ、どうしても動機がわからなかった綱吉は、大久保加賀守を先祖の地小田原《おだわら》への復帰を約すことで籠絡《ろうらく》し、その真相を知った。

「わ、わたくしの忠誠は、ただ上様お一人に」

大久保加賀守が必死になった。

「そうか。では、躬の意志を遂行せよ」

「…………」

御用部屋の総意を拒まれて、すごすご帰ったのでは、老中のなかでの重みが減る。今後、他の老中たちから相手にされなくなりかねない。

当然だが、政で将軍の拒否に合う案件もある。そのとき、奏上した老中は、将軍と話をして、まったくの拒絶をあるていどの妥協へと持ちこまなければならなかった。でなければ、御用部屋での決定がすべて無に帰し、老中たち執政の意味がなくなりかねないからである。どこまで将軍に譲らせるか、それが老中の腕であり、その結果が御用部屋での席次を決めると言えた。

「上様……」

大久保加賀守が泣きそうな顔をした。

「稲葉《いなば》美濃守《みののかみ》は賢かったな」

「はあ……」

話を変えた綱吉に、大久保加賀守が怪訝《けげん》な顔をした。

堀田筑前守を刃傷に見せかけて殺す策を立てたのは稲葉美濃守であった。長く老中筆頭として、大老酒井雅楽頭と組んで幕政を壟断《ろうだん》してきた稲葉美濃守は、やはり綱吉ではなく宮将軍擁立を狙っていた。だが、その策は破れ、酒井雅楽頭が失脚した。代わって、綱吉の腹心堀田筑前守が、大老になった。となれば、次に粛清されるのは、己とわかる。そう悟った稲葉美濃守は、殿中刃傷を企《たくら》みながら、大政参与の職を降りた。といっても肩書きを外しただけで、御用部屋への出入りは続け、刃傷当日も総登城を利用して、現場にいた。

とはいえ、すでに役目を降り、さらに隠居までした稲葉美濃守を、呼び出してまで責めるだけの証拠もない。なにせ、大久保加賀守の供述だけなのだ。物証がなければ、いかに将軍でも、長く老中を務めた功臣を咎め立てることはできなかった。

「家に傷がつくまえに、隠居しおった」

「…………」

大久保加賀守の顔色が紙のように白くなった。

「……情けない」

綱吉が嘆息した。

「御用部屋を仕切るに、そのような肚《はら》でどうする」

「お恥ずかしいかぎりでございまする」

あきれた綱吉に、大久保加賀守が詫《わ》びた。

「いたしかたない。躬が幕政を把握するまで、そなたを使うしかないのだ」

大きく綱吉が嘆息した。

「越後高田松平の再興は許さぬ。充分な反省のときをおいてからとなるが、いずれ光長には食い扶持をくれてやる。これでよいな」

「ははっ。ご恩情かたじけのうございまする」

綱吉の言葉に、大久保加賀守が深く平伏した。

「下がれ」

小さく綱吉が手を振った。

「上様」

大久保加賀守の見送りに立った柳沢吉保《やなぎさわよしやす》が戻って来て、膝をついた。

「なんだ」

「小納戸組頭が、上様にお報《しら》せいたさねばならぬことがあると」

柳沢吉保が告げた。

「なんじゃ」

綱吉が許しを与えた。

「怖れながら申しあげまする。先日、上様の御前で粗相をいたしました小納戸真田真《さなだしん》之介《のすけ》、昨日身罷《みまか》りましてございまする」

小納戸組頭が恐縮して報告した。

「先日の小納戸……腹痛を起こした者か」

「さようでございまする」

綱吉の確認に小納戸組頭が首肯した。

「そうか。それは哀れなことである。家督はつつがなく認めてやれ」

「ご諚《じょう》ありがたく存じまする。上様のお心遣い、きっと真田の者ども感謝いたしましょう」

平伏して、小納戸組頭が下がった。

「吉保、庭へ出る。供をいたせ」

「はい」

立ちあがった綱吉に従って、柳沢吉保が続いた。

将軍家御座の間を出た中庭には、立派な泉水と築山《つきやま》があった。綱吉は、泉水の側まで進んだ。

「どう思う」

説明もなしに綱吉が問うた。

「気になりまする」

柳沢吉保が応《こた》えた。

「真田はあの日、昼餉《ひるげ》の毒味役であったな」

「はい。同役片桐但馬《かたぎりたじま》とともに毒味を担当いたしておりました」

相役の名前も柳沢吉保は覚えていた。

「片桐はなんともないのだな」

「先ほども控えておりました」

柳沢吉保が告げた。

「毒ではない……」

「なんともわかりかねまする」

呟《つぶや》くような綱吉へ、柳沢吉保が難しい顔をした。

将軍の食事は徹底して毒味をされる。まず、台所で一度、続いて囲炉裏の間で一度、さらに御座の間でも毒味される。このうち、小納戸が担当するのは、囲炉裏の間での毒味であった。

小納戸は将軍の身の廻《まわ》りの雑用を任とした。将軍の着替え、御座の間の掃除、そして食事の仕度である。

小納戸は台所から持ちこまれた将軍の膳《ぜん》を御座の間近くの囲炉裏の間で毒味する。囲炉裏の間はその名のとおり、部屋の中央に大きな囲炉裏が切ってあり、台所から運んできた食事を温め直すところであった。

囲炉裏の間には将軍の膳がまったく同じ内容で三つ持ちこまれた。そのうちの一つを、小納戸二人が毒味をし、異常がなければ将軍に出される。

あの日、小納戸の毒味を終えて御座の間へ運ばれた昼餉を、最後の毒味役である相伴小姓が確認、問題なかったため綱吉も食していた。

「躬《み》の腹にも変わりはない」

綱吉が腹をさすった。

「ご無礼を承知で申しあげまするが、上様に毒をと考えたにしては、あまりに雑でございまする」

「小納戸一人が、腹痛を起こし数日後に死んだ。それ以外の台所役人、相役小納戸、相伴小姓、そして躬にはなにもない」

わからぬと綱吉も首をひねった。

「調べさせまする」

「どうやって」

柳沢吉保の発言に綱吉が問うた。

「毒のことならば、医師に訊《き》けばよろしいかと」

「……あの表御番医師か。外道だろう。役に立つのか」

外道医は薬に詳しくないだろうと、綱吉が危惧《きぐ》した。

「それでも、わたくしよりは、ましでございましょう」

「たしかにな。任せる」

綱吉が納得した。

二

大目付は閑職であった。

かつて柳生《やぎゅう》但馬守宗矩《むねのり》が、惣《そう》目付という名で大名《だいみょう》目付をしていたころは、武官の花形であった。

二代将軍秀忠《ひでただ》の指示で、柳生但馬守が取りつぶしたり、減封、転封させた大名は、百をこえ、没収した石高も二百万石をはるかに凌駕《りょうが》した。睨《にら》まれれば潰《つぶ》される。

何万石どころか、何十万石を領する大名でさえ、江戸城中で大目付に会えば、道を譲り、最敬礼で見送った。

だが、その風景も過去のものとなった。

幕府が安定し、もう徳川に戦いを挑もうとする大名がいなくなったのも一因だったが、止《とど》めは慶安《けいあん》の役であった。

三代将軍家光が死に、四代将軍家綱《いえつな》に移る。そのわずかな政の隙間を、軍学者由井《ゆい》正雪《しょうせつ》が突いた。

由井正雪は、天下に溢《あふ》れていた浪人を糾合し、各地で同時に挙兵することで、幕府を倒そうとした。

幸い、仲間から訴人が出たため、乱は未然に防がれた。とはいえ、幕府を大きく揺るがしたのはたしかであった。

「浪人は危険である」

松平伊豆守信綱《いずのかみのぶつな》、阿部《あべ》豊後守忠秋《ぶんごのかみただあき》ら、当時の執政は、浪人の怖ろしさを理解した。

浪人とは主人を持たない武家を言う。身分としては侍ではなく、庶民扱いされるが、慣例として、腰に両刀を差すことを許されている。武芸の修練を積み、両刀、あるいは槍《やり》を持った者が、天下にいる。それも、幕府に主家を取りつぶされた恨みを呑《の》んでいるのだ。

幕府は慶安の役を契機として、大名の締め付けを緩めた。

そうなれば大目付の仕事はなくなる。役目が廃止されることも、格が落とされることも、役料を減らされることもなかったが、閑職となった。

大目付は名門旗本の出で、長く役目に就き、幕政を支えた者たちへの褒賞となった。力はなく、ただ名誉だけを与えられて、隠居を待つだけ。功績があり、粗略に扱えない旗本たちの捨て場所であった。

「ここに紙くずが落ちておるぞ」

大目付松平対馬守が、日課の城中巡察をしていた。

「これは……ただちに」

廊下の隅で控えていたお城坊主が駆け寄って来た。

「誰が落としたか、見ていないか」

「あいにく、気づきませんでした」

落とし主の詮議《せんぎ》する松平対馬守に、お城坊主は首を振った。

「城中にごみをすてるなど、論外。誰かわかれば、謹慎くらいさせてやるものを」

「…………」

お城坊主が黙った。

「まったく、近頃の者はたるんでおる。武士は常在戦場でなければならぬというに」

松平対馬守が憤慨した。

「まこと、さようでございますな」

「誰じゃ……柳沢どのか」

背中から声をかけられた松平対馬守が振り向いた。

「これは柳沢さま」

お城坊主が慌てて腰を屈《かが》めた。

大目付と小納戸では身分に大きな開きがあった。幕府には、殿中での席次を定めた書付がある。新しい役職ができれば、書き加え、廃止になった職を削り、補筆訂正されたそれは、右筆が管理している。それによれば、大目付は旗本役として上から九番目、町奉行の上とされている。対して小納戸はお徒頭《かち》よりも低く、序列でいけば五十番をこえる。

はるかに松平対馬守のほうが上なのだが、お城坊主の態度は逆であった。

お城坊主の態度が如実に大目付の凋落《ちょうらく》を示していた。

「…………」

松平対馬守が目尻《めじり》を吊《つ》り上げた。

「なにか御用でございましょうや」

ていねいに小腰を屈めて、お城坊主が柳沢吉保の機嫌を取った。身分は高くないが、

柳沢吉保が将軍綱吉の気に入りであるというのは、城中で有名なのだ。お城坊主の態

度は権門に媚《こ》びるものであった。

「お気遣い感謝するが、なにもない。またよしなに願おう」

柳沢吉保が手を振った。

「さようでございましたか。もし、なにかございましたら、わたくし常斎《じょうさい》にご遠慮な

くお申し付けくださいませ」

抜け目なく名前を告げてから、お城坊主が離れた。

「身分卑しき者はいたしかたございませぬ」

松平対馬守を柳沢吉保が気遣った。

「ふん」

腹立たしげに松平対馬守が鼻を鳴らした。

「儂《わし》に用とは、上様の」

不満を表して気がすんだのか、お城坊主から目を離して、松平対馬守が訊いた。

「はい」

柳沢吉保の表情も締まった。

「少し離れよう。さっきの坊主がこちらを窺《うかが》っている」

松平対馬守が歩き出した。

「ここなら空いているか」

江戸城には使われていない部屋がいくつかあった。松平対馬守は、その一つに柳沢吉保を誘った。

「先日、御座の間で異変がございましたのをご存じでございまするか」

柳沢吉保が問うた。

「異変……いや」

少し考えて松平対馬守が首を横に振った。

「大目付というのは、障子一枚隔てられているからの」

つまはじきとまでは言わないが、相手にされていないと松平対馬守が苦笑した。

「……小納戸が一人腹痛を起こし、お医師の診察を受けましてござる」

「別段珍しいことではあるまい」

松平対馬守が首をかしげた。何千人という役人が働いている江戸城中である。病人や怪我人はどこかで出た。

「上様のお毒味をした者でござっても」

「なにっ」

柳沢吉保の言葉に、松平対馬守の顔色が変わった。

「いや、おかしい。騒ぎにはなっていない。となれば、上様に御異常はなかった。同役は」

すぐに松平対馬守が気づき、確認した。

「なんともございませぬ。今日も任についておりました」

「ならばただの病と考えるのが普通である。それをわざわざ上様がお気になさった。なにがあった」

大目付は上がり役である。数年務めたあと、家督を譲って隠居する最後の名誉である。つまりそこまで魑魅魍魎《ちみもうりょう》が跋扈《ばっこ》する城中で生き延びてきたという証拠なのだ。松平対馬守も一筋縄ではいかなかった。すぐ、異変の匂いに気づいた。

「その小納戸が死にましてございまする」

淡々と柳沢吉保が語った。

「死んだ……いつだ」

「先ほど組頭より報告がございました。死去は一昨日《おととい》、腹痛から七日目」

柳沢吉保が述べた。

「…………」

松平対馬守が腕を組んだ。

「上様より調べよとご下命でございまする」

声を潜めて柳沢吉保が告げた。

二人は、堀田筑前守の殿中刃傷の真相を探るために動き、その任を果たした。刃傷事件の一件を終えて、日常に戻るはずだった二人を綱吉が留《とど》め、直属の配下として、密《ひそ》かに探索方を命じた。

初任務であった。

「調べようにも、そのときの状況さえわからぬぞ。第一、毒のことなどなにも知らぬ」

難しいと松平対馬守が表情をゆがめた。

「あの者を使えとのご諚《じょう》でございまする」

「……矢切か」

松平対馬守が理解した。

「毒であろうとも、病であろうとも、医師に訊《き》くのがたしかであろうと」

「仰せのとおりだ。さすがは英邁《えいまい》であらせられる」

綱吉の判断に松平対馬守が感心した。

「わたくしは、台所役人を調べまする」

柳沢吉保が言った。

「毒を盛れるのは、台所役人、あるいは小納戸しかいない。おぬしが適任だな」

松平対馬守がうなずいた。

「わかった。早速に矢切と会おう」

「死んだ小納戸は、麴町《こうじまち》に屋敷のある真田真之介。禄《ろく》は四百五十石で、小納戸には二カ月前になったばかりでございました」

詳細を柳沢吉保が話した。

「承った」

「よしなにお願いをいたしまする」

二人は顔を見合わせてうなずきあった。

多くの大名、旗本、御家人が働いているが、城中は静かであった。これは目付の目が光っているためで、勘定方などの一部例外を除いて、どこの部屋も静謐《せいひつ》を保っていた。

「誰か参るな」

医師溜《だまり》で、書見をしていた本道医が顔をあげた。

「まことに」

静かなだけに、近づく足音はすぐに知れた。

「ごめんくださいませ。矢切さまは御当番でございましょうや」

襖《ふすま》が引き開けられ、お城坊主が顔を出した。

「来ておるぞ」

良衛は手をあげた。

「大目付松平対馬守さまが、お呼びでございまする」

「……ご用件は」

露骨に良衛は嫌な顔をした。

「お腰を痛められたそうで……」

お城坊主が告げた。

「本日は宿直《とのい》番ではないのでござるが……」

下城時刻が近いと言って良衛は、宿直番の外道医へ目をやった。

「ご指名であろう」

宿直番の外道医が肩をすくめた。

「しかし、今から治療いたせば、遅くなりましょう」

良衛はねばった。

下城時刻を過ぎて、城に残るのは罪ではないが、控えるようにと目付から指示されていた。これは、遅くまで余分な者が残ることで炭などの消費が増えるのと、御用を終えた者たちが気を緩めて騒ぐのを避けるためであった。

「そこは大目付さまが、どうにかしてくださろう」

あっさりと良衛の抵抗は潰《つぶ》された。

「大目付さまは、目付のご支配ではございませぬ」

良衛はぼやいた。

名前からして、上役のように思われているが、大目付と目付は別ものであった。格からいけば、大目付がはるかに上になるが、権からいけば逆転する。大名を潰さなくなった今、飾りに過ぎない大目付と違い、目付の権は拡大を続け、城中すべてを監察するようになっていた。そう、法外あるいは令外とされている医師さえも、江戸城内においては、目付に見張られているのだ。良衛にとって、松平対馬守よりも目付のほうがはるかに怖かった。

「なにより、松平対馬守さまは、貴殿が担当しているはずだ」

「…………」

言われて良衛は黙った。

患者にとっても医者にとっても、かかりつけというのはたいせつであった。いつも同じ医者にかかることで、症状の経緯、おこなわれた治療、処方された薬が明確に記録される。これは、患家にとって財産であった。

医者をころころ代えてしまうと、そのたびに治療の記録が白紙に戻る。患者は一々最初から経緯を説明しなければならないだけでなく、どうしても主観で話すために重要な事柄が抜け落ちたり、不要な修飾がついたりして正確に伝えられない。

病歴もたいせつだが、それ以上に薬の変遷が無駄となってしまうのが大きかった。どの薬をどのくらい使ったら効いた、あるいはこの薬は効かなかった、もしくはこういう悪い作用が出たなどの経験というか、経緯が失われ、一から繰り返すことになる。

これは患者にとっても、医者にとっても、痛手でしかなかった。

「急がれよ。大目付さまに医師を処罰する力はないが、権門はどういう繋《つな》がりをお持ちかわからぬ。機嫌を損ねてよいことだけはない」

宿直番の外道医が促した。

「そうでござった」

良衛はあきらめた。

大目付は役高三千石である。家禄《かろく》が三千石以上あるか、加増されて三千石になったかの旗本でなければ、就けない役職である。旗本でも三千石となれば、名門中の名門であり、その一門も多い。老中や若年寄と縁続きであっても不思議ではなかった。

「お急ぎを」

お城坊主に急《せ》かされて、良衛は小走りになった。

城中で走ることは禁じられている。武士が走るのは、いざ鎌倉という危急のときだけに許されたものという考えがあるからだ。

その例外が、雑用をこなすお城坊主と医者であった。

お城坊主は老中の使者として使われることもある。執政の使いは急ぎになる。だからといって老中の用件のときだけ走っていては、すぐにそれと知れる。機密の保護からいって、これではつごうが悪い。そこで、お城坊主はいつでも小走りに移動するという慣例ができた。

医師に対してはいうまでもない。急患はそれこそ刹那《せつな》の間を争う。手当てが遅れれば、命にかかわる。任に向かう医師は、老中と突き当たっても咎《とが》められなくて当然であった。

「大目付控えでござるかの」

走りながら、良衛は松平対馬守の居場所を訊いた。

「いえ、巡回中に痛みが出たとかで、柳《やなぎ》の間近くの小部屋でお休みでございまする」

お城坊主が答えた。

柳の間は譜代大名と五万石以下の外様《とざま》大名の場である。襖に柳の絵が描かれていたことからこう呼ばれた。

大名目付といわれる大目付の仕事の一つが、城中の巡回であり、柳の間もその一つであった。

「あれほど、無理はなさりますなと申しあげていたのに」

良衛は嘆息した。松平対馬守の腰痛は持病であった。脊椎《せきつい》と腰椎にゆがみがあり、冷やしたり、無理に動かしたりすると症状が出た。

「…………」

ぼやく良衛をお城坊主は無視した。

「こちらでございまする。対馬守さま、矢切さまをお連れいたしましてございまする」

襖の外から、お城坊主が声を掛けた。

「うむ。入れ」

なかから松平対馬守が応じた。

「どうぞ」

「ご苦労でござった」

一言ねぎらって、お城坊主の開けた襖から良衛は座敷に入った。

「対馬守さま……」

薄暗い部屋のなかで、松平対馬守を探した良衛は怪訝《けげん》な顔をした。骨のずれから来る腰痛は、体重のかかる姿勢だと痛みが増す。発作を起こした患者は、まず横臥《おうが》して体重を痛いところから分散させようとする。毎度のことならば寝ているはずの松平対馬守が端座していた。

「遅かったな」

「……申しわけございませぬ」

暗い部屋のなかで、松平対馬守の瞳《ひとみ》が光ったと良衛は感じた。

「下城の用意をしておりましたので」

堀田筑前守正俊の刃傷を調べるように強制され、その結果、何度も命を狙われた良衛である。松平対馬守に睨《にら》まれたくらいでは、怯《おび》えなかった。

「横になってくださいますよう。お身体を拝見つかまつりまする」

良衛はさっさと診察をすませようと松平対馬守へ言った。

「不要である」

松平対馬守が拒んだ。

「どういう意味でございましょう。腰はお痛みではない……」

「うむ」

「いかに大目付さまといえ、虚偽で医師をまねかれたとなれば、放置できませぬ」

良衛は怒った。

他にも外道医はいるとはいえ、数人である。もし、大事故でもあって、多くの怪我人が出たならば、十分な対応は取れない。良衛一人とはいえ、確実に人手を奪ったのだ。ひょっとすれば、良衛が間に合わなかったことで、死人がでたかも知れない。

「お目付さまにご報告をさせていただきますぞ」

良衛は、席を蹴《け》った。

「上様の御命である」

背筋を一層伸ばして、松平対馬守が告げた。

「なっ、なにを」

良衛はうろたえた。

「控えろ。上意である」

「……はっ」

表御番医師というより、御家人としての歴史が長い矢切家である。身についた将軍への忠誠は深い。

あわてて、良衛は平伏した。

「…………」

松平対馬守が黙った。

「対馬守さま……」

良衛は困惑した。

上意の内容がわからなければ、どうしていいのかわからない。

「……上様のご内意は」

しばらく待ったが、無言を続ける松平対馬守へ、良衛は問いかけた。

「わからぬか」

「なにも仰せられずにわかるはずなどございますまい」

良衛は顔を上げた。

松平対馬守が偽りを言っているとは思わなかった。上意を騙《かた》れば、ただではすまなかった。老練な旗本が、家が潰《つぶ》れるようなまねをするはずはない。

「医師溜《だまり》に報告は行っておらぬのか」

「なんの報告でござる」

意味がわからないと良衛は首をかしげた。

「ふむ」

顎《あご》に手を当てて、松平対馬守が思案した。

「当然か。城内の病人、怪我人は、応急手当てしかせぬと決まっておる。その末など気にもせぬはずだ」

松平対馬守が一人納得した。

「ご説明を願いたい」

良衛は声を強くした。

「先日、御座の間で急病人が出た」

「それならば、存じております。どうなったかまでは知りませぬが」

あの日、良衛は当番であった。外道である良衛ではなく、本道の医師が出張ったため、その詳細はわからなかった。

「上様の昼餉《ひるげ》の毒味をしていた小納戸が……」

松平対馬守が話した。

「毒味の直後ではない……」

「うむ。すでに上様の前に膳《ぜん》は出されていた。食してすぐに異常が出たならば、膳は引かれたはずだ」

確認を求めた良衛へ松平対馬守が述べた。

毒味をしてすぐに膳は安全だと決められなかった。毒には作用するためのときがいるからだ。

口に入れた瞬間に、効果を発する毒もあれば、胃の腑《ふ》に落ちたものが、吸収されて初めて発現するものもある。さすがに将軍を食事抜きで放置するわけにもいかず、半日、一日と様子を見はしないが、小半刻《とき》（約三十分）ほどは待つ。

「それで異常がなく、相役にも問題はなかった」

「うむ」

松平対馬守が首肯した。

「その小納戸が死んだ」

「そうだ。それを上様はお気にしておられる」

言う良衛へ、松平対馬守が述べた。

「毒か、それとも病か」

「……わかりませぬ」

問われた良衛は首を振った。

「患者を診ていませぬ。毒であるか、病を得ただけなのか、それもわかりませぬ。とくに毒だなどと軽々に口にすべきものでもございますまい」

慎重に良衛は言葉を選んだ。

「たしかにそうだ」

松平対馬守が同意した。

もし、毒となれば、それこそ大老堀田筑前守正俊の刃傷どころではない騒ぎになる。謀叛《むほん》と同じなのだ。見つかれば、本人が死罪になるだけではない、一族郎党磔《はりつけ》であった。

「調べよとの仰せである」

「無理でございまする」

良衛は断った。

「わたくしが担当したのではございませぬ。どのような症状かさえわかりませぬ。さらに当日の食材など残っておりますまい。なにもない状態ではどうしようもございませぬ」

「上意であるぞ」

「できないものはできませぬ」

綱吉の命を盾にする松平対馬守へ、良衛は強く拒んだ。

「どうなるかわかっておるのだろうな」

上意を断る意味を理解しているかと松平対馬守が言った。

「放逐でございますか」

良衛は答えた。

これが戦場ならば、打ち首ものだが、泰平の世で、しかも表沙汰《おもてざた》にできない内意である。断っても罪には問えない。といっても命に従わない家臣を抱える主君などいない。いずれ、意に染まぬとか、理由ともいえぬ理由で旗本の籍を削られて、浪人させられることになる。

「よいのか、それで。子供に家を譲ってやらずとも」

「…………」

親ならば誰でも、子供の話をされると辛《つら》い。良衛は苦い顔をした。

「あきらめてもらうしかございませぬ。空を飛べといわれているようなもの。いえ、空を飛ぶよりまだ難しい。患者が倒れたところまでときをさかのぼれれば、お引き受けもできましょうが」

「だろうな」

「…………」

意外なことに松平対馬守が首を縦に振った。

刃傷のときからの付き合いである。松平対馬守が、良い意味でも悪い意味でも役人だと知っている良衛は、警戒した。役人は、決して己に失点がつかないように動く。

「そう緊張するな」

松平対馬守が良衛の反応に苦笑した。

「手遅れだと儂《わし》もわかっている」

小さく松平対馬守が息を吐いた。

「もし、上様の御膳《ごぜん》に毒を盛ったならば、失敗したとたんに証拠などは消し去っているはずだ。それを今から探すなどできることではない」

「では……」

「上様の御命なのだ」

言いかけた良衛に、松平対馬守がかぶせてきた。

「……なにかしらの成果を出せと」

良衛は理解した。

「そうだ。毒でないならば、それでいい」

松平対馬守がうなずいた。

「偽りを仰せられるな」

あっさりと良衛は見抜いた。

「毒か病かは、患家が生きていてこそ判断できるもの。患家が死亡し、葬られてしまえば、絶対に毒ではないという判断はできませぬ。上様に万一があってはならぬのでございますれば、毒でないという保証がないかぎり、意味をなしますまい」

確実に病だとわかれば、綱吉の不安はなくなる。しかし、そうでないとなれば、形だけの探索など意味はなかった。

「……………」

頬を松平対馬守がゆがめた。

「わたくしになにをせよと」

「毒かも知れぬという証《あかし》、証でなくともよい、噂だけでいい。医師の目で見て、おそらく毒ではないかと思えるものを探せ。毒の怖れがあれば、上様のお毒味を厳重にさせることができる。今の状況では、何一つ手が打てぬ」

松平対馬守が真の目的を口にした。

幕府も八十年近く経つと、前例を重視するように変わった。前例重視に変わるのは、楽だからであった。失敗は前例とならない。成功したことが前例となり、同じようにしているかぎり、己の責任ではなくなる。変わったことをして成功すれば、出世の糸口になるが、失敗すれば責任を負わなければならなくなる。代々続いた禄《ろく》を失うよりはましとばかりに、誰もが右へ倣えを繰り返す。

「将軍のお毒味もそうだ。五代にわたって繰り返してきた方法を変えるには、それだけの理由が要る。なにもなしでは、前例は覆らぬ」

「難しいことを」

良衛は肩の力を落とした。松平対馬守は、小納戸の死が毒によるものだという結果を求めていた。

「かならずとは申しませぬぞ」

「わかっておる」

「日限もお切りになりますな」

役目と診療を放り出すわけにはいかないのだ。良衛の条件は妥当なものであった。

「いいや、切る」

いついつまでに報告をと期限を設けるなという良衛に、松平対馬守がはっきりと否やを口にした。

「期限は……上様がお亡くなりになるまでだ」

「……………」

聞かされた良衛は絶句した。

三

五摂家の一つ近衛《このえ》左《さ》大臣《だいじん》基熙《もとひろ》の屋敷は御所に近い。深夜、その門をひそかに叩《たた》く者がいた。

「…………」

無言で脇門が開かれ、人影が邸内に迎えられた。

「夜分遅くに失礼をいたしまする」

書院に通された人影が平伏した。

「いや、呼んだのは麿《まろ》である」

近衛基熙が顔をあげろと言った。

「どうであった」

「申しわけございませぬ」

顔を伏せたまま人影が詫《わ》びた。

「失敗したか」

小さく近衛基熙が嘆息した。

「三分の二を引き当てたか、綱吉。なかなかに強運である」

近衛基熙が小さく笑った。

「見つかってはおるまいな」

「それはご安堵《あんど》下さいませ。徹底して跡を消させました」

人影が胸を張った。

「その台所役人は大丈夫なのか。そなたの家とのかかわりを気づかれたりはせぬのであろうな」

「代々の台所役人でございまする。それも今の台所では最古参。誰も疑いさえいたしますまい」

念を押した近衛基熈へ人影が告げた。

「その者が最大の証であろう」

始末したほうが良いと近衛基熈が暗に指摘した。

「次の機会を失うことになりまする。台所や小納戸に、我らの手を忍ばせるには、かなりのときと手間が要りまする。今、あの者を失えば、あらたに遣える者を潜ませるのに五年は無駄にすることになりまする」

将軍とその正室、子供たちの食事を作る台所役人である。欠員が出たからと、適当に連れてくるわけにはいかない。筋目、経験、そしてなにより将軍家への忠誠がなければならなかった。

「五年か……我ら公家にとってたいして長くもないが……そなたたち武家にとっては、長すぎるか」

近衛基熈が顎《あご》を撫《な》でた。

「五年もあれば、館林《たてばやし》に媚《こ》びる者が増え、体制が固まりましょう」

人影が難しい顔をした。館林とは綱吉のことだ。将軍となる前館林藩主であったことからきていた。

将軍の権威は大きい。直系でなく、その就任に紆余曲折《うよきょくせつ》があったため、執政衆との関係も良好ではない綱吉だが、五年あれば十分に幕府を把握できる。

「今ならば、まだ館林はなんの力も持ちませぬ。どころか、唯一の忠臣堀田筑前守を失い、かえって弱っている。この機を逃すわけには参りませぬ」

「たしかにそうではある」

近衛基熙が納得した。

「続けるでよいな」

確認を近衛基熙が取った。

「はい。左大臣さまには、朝議のおまとめいただきたく」

「金が要るぞ」

うなずいた人影へ、近衛基熙が要求した。

「いかほどあれば……」

「千金ほどあれば足りよう」

問われた近衛基熙が告げた。

「……千両」

人影が絶句した。

「朝議は摂家だけのものではないのだ。皆を納得させねばならぬ」

近衛基熙が述べた。

「わかってはおりまするが、先日も五百両ご用立てしたばかりでございまする。続けて千両は……」

「天下を買うと思えば安いはずだ」

渋る人影に、近衛基熙があきれた。

「なんとか左大臣さまのお力で、そこをどうにかしていただきますように」

「麿に力などないわ」

近衛基熙が表情を苦いものとした。

「武家に近すぎるとして主上から忌避されておる。左大臣とはいえ、朝議では発言さえままならぬ。そんな麿に期待するより、黄白の輝きにすがれ」

自嘲《じちょう》しながら、近衛基熙が語った。

「左大臣さま」

人影の口調が厳しいものへと変わった。

「な、なんじゃ」

近衛基熙が怯《おび》えた。

「我が殿が将軍になられたとき、内大臣さまはどうなりましょう。将軍岳父の威光と幕府の後ろ盾を得て、関白になられ、朝議を恣《ほしいまま》にされる。そうでございましょう」

「綱豊《つなとよ》どのが、将軍となればな」

「なれば、吾《わ》が未来のために多少の無理はしていただいてもよろしゅうございましょう。娘婿の援護でございまする」

「わかっておる。できるだけのことはするつもりでおる。だが、先立つものがないと身動き取れぬのもたしかなのだ」

強く言われて近衛基熙が引いた。

「五百両、それ以上はお渡しできませぬ」

「……やむをえぬ。どことも手元不如意であるからの」

しぶしぶ近衛基熙が首肯した。

「金子は二、三日中に持参いたしまする」

「頼むぞ。西村左京《にしむらさきよう》」

近衛基熙が、人影の名前を呼んだ。

「では、これにて失礼つかまつりまする」

西村が一礼して帰っていった。

「……用人の分際で、麿を脅すなど」

一人残った近衛基熙が腕を震わせた。

「無位無冠、磨の前に姿を見せられもせぬ身分でありながら……」

近衛基熙が憤怒《ふんぬ》していた。

「千両どころか万両出してもおかしくはないのだ。将軍を決めるのは朝議である。いかに綱豊が徳川の宗家となっても、源氏の長者、征夷大将軍《せいいたいしょうぐん》とするのは、我らぞ。武家など、本来我らの荘園《しょうえん》の獣よけでしかなかったものを、増長しおって」

怒りが治まらない近衛基熙が、独り言を続けた。

「あのような輩《やから》がいては、なるものもなるまい。一度、綱豊に教えてやらねばならぬな。無能を放逐し、身の回りには役に立つものをおくようにと。これも岳父の仕事か。やれ、武家との縁など結ぶものではなかったわ」

近衛基熙が独りごちた。


大目付松平対馬守より探索を命じられた良衛は、当番の朝、医師溜《だまり》で最初の仕事にとりかかった。

「橋下どの」

良衛は医師溜で、壮年の本道医に話しかけた。

「先日、御座の間で小納戸の腹痛を診られたのは、橋下どのでございましたな」

「そうだが……」

質問に橋下可内が首をかしげた。

「お話を訊《き》かせていただきたい」

「なんの」

求める良衛に一層橋下可内が怪訝《けげん》な顔をした。

「症状などをお伺いできれば」

「どうしてか」

橋下可内が良衛のほうへ、身体を向き直した。

「あの小納戸のその後をご存じで」

「いいや。我らはその場だけの治療であり、以降は格別な事情でもないかぎり、かかわらぬであろう」

言った良衛に橋下可内が返した。

「おっしゃるとおりでございまする」

良衛は橋下可内の言いぶんを肯定した。

「亡くなったそうでございまする」

「……………」

少し声を潜めて告げた良衛に、橋下可内が息を呑《の》んだ。

「亡くなった……それがどうかしたのでござるかの」

橋下可内がきっと良衛をにらんだ。

「愚昧《ぐまい》の治療に問題があったとでも」

「とんでもございませぬ」

あわてて良衛は手を振った。

「貴殿の施術に遺漏などありえませぬ。でなくば、表御番医師として推薦されるはずなどございますまい」

重ねて良衛は否定した。

「……ではなぜ、そのようなことを訊きなさる」

少しだけ橋下可内の雰囲気がやわらいだ。

「じつは、亡くなりました小納戸の真田真之介とは、いささかかかわりがございまして……」

「知人か、ならば気になるのも当然か」

橋下可内が納得した。

「お聞かせ願えましょうや」

「診たことだけぞ」

「かたじけのうございまする」

良衛は頭をさげた。

「愚昧が呼ばれたとき、小納戸は御座の間下段を出た入り側の隅に寝かされていた」

入り側とは、畳を敷いた廊下のことだ。御座の間や御用部屋などの周囲に設けられ、目通りを願う者たちの待機場所となっていた。

「脈拍は多く速い。呼吸は浅く多い。顔色はなく、脂汗を全身から流していた。身体に触れたところ、冷たかった」

「意識はございましたか」

「あった。多少、反応は遅かったが、譫言《うわごと》はなかったな」

思い出すようにして橋下可内が語った。

「舌は……」

「白かった。口臭はかすかであったな。目の色も黄色くはなかった。肝の臓の病ではないと判断した。触診では、胃の腑《ふ》のあたりを押すと痛みが発現した。他はさして反応しなかったぞ」

「御診断と施術はどのように」

良衛は肝心のことに触れた。

「脚気《かっけ》衝心の発作と診た。施術はとくにせず、下城し、身体を休めるようにと指示した」

橋下可内が告げた。

「なるほど」

大きく良衛は首肯した。

脚気衝心とは、手足のしびれから、心の臓に症状の出る病である。若くして発症することも多く、原因がわかっていないため、そのまま死に繋《つな》がる場合も珍しくはなかった。

効果のある施薬もなく、弱った身体の滋養強壮をはかり、症状が治まるのを待つしかない。

「まちがっているか」

「いいえ。正しい処置だと考えまする」

良衛は橋下可内のしたことを認めた。

これがかかりつけの医師だとしても、正解であった。脚気衝心の妙薬が発見されていない今、やれるのは心の臓の弱りから来る体調不良への対処だけなのだ。すこしでも体力を回復あるいは維持することで、脚気衝心の発作を防ぎ、命の危機から遠ざけるしかない。

「いくつであったかの、小納戸どのは」

「たぶん三十歳を過ぎたばかりであったかと」

橋下可内の質問に、良衛は知り合いと言った手前、答えるしかなく、あいまいにごまかすしかなかった。

「まだ若いのに哀れな者よな。若くして小納戸に抜擢《ばってき》されたならば、後々の出世は約束されていたも同然であったろうに」

小納戸はそう身分の高い役目ではなかった。しかし、将軍の身の回りの世話をするという任の性質上、目に留まりやすいという利点があった。

「目端の利いた者である」

こう将軍に思われれば、勘定方や小姓番へ引きあげられることもあり、うまくいけば千石の目付どころか、三千石の側用人となれる。まさに、小納戸は出世の入り口であった。

それだけに希望者も多く、小納戸になるにはそれだけの縁と努力が要った。

「ご無礼を申しあげたことをお詫《わ》びする」

もう一度頭を下げて、良衛は橋下可内から離れた。

四

当番を終えた良衛は、出迎えの三造に弁当箱を渡し、先に屋敷へ帰した。

江戸城から離れるほどに武家の屋敷は減り、町屋が多くなっていく。良衛は大店《おおだな》と言っていい規模の米屋の角を曲がった。

「ごめん。おられるかの」

良衛は棟割り長屋の一軒を訪ねた。

「矢切先生でございますか。今、開けまする」

なかから若い女の声がした。

「不意にすまぬな」

開けられた戸障子から顔を見せた美絵《みえ》に良衛は詫びた。

「いえ。どうぞ、なんのお構いもいたしませぬが」

美絵が身を退《ひ》いて、良衛を長屋へ通した。

「体調はどうかの」

戸障子を開けたままで、良衛は上がり框《かまち》に腰を下ろした。

「おかげさまでよろしゅうございまする」

「そうか。熱などは出ぬかの」

「はい。何日も出ておりませぬ」

「咳《せき》はどうじゃ」

「それもまったく」

美絵が否定した。

良衛が重ねて訊《き》いたのは、美絵の夫が労咳《ろうがい》で亡くなったからであった。労咳は江戸の人々にとって死病であった。かかればまず助からなかった。そして、労咳は他人に伝染する。亡夫の看病を献身的におこなっていた美絵である。労咳にかかっている怖れは十分にあった。

「けっこうだ」

ほっと良衛は息を吐いた。

「半年が過ぎれば、まず労咳は安心できる」

「……あと一月ほどでございますか」

ふと美絵が寂しそうな顔をした。

美絵は旗本の妻であった。夫が労咳で死んだとき、子供がいなかったのもあり、婚家の弟が跡を継ぎ、美絵を嫁にしようとした。

家と共に兄の妻をそのまま引き継ぐというのは、武家でままあることであった。なにより美絵は美しかった。夫の看病でやつれた様子が一層美絵の肌の白さを浮きたたせ、弟の欲情をかきたてていた。

それを美絵は拒んだ。夫の見舞いにも来なかった弟に、美絵は身を任せる気にはならず、婚家を出た。そのような勝手をした美絵は実家からも縁を切られ、場末の長屋に居を移し、仕立ての手仕事をすることで糊口《ここう》をしのいでいた。

「先生のお陰で夫は、思わぬ長生きをさせていただきました」

美絵が礼を述べた。

「いや、医師として力及ばなかったことを恥じる」

良衛のもとに来たとき、すでに美絵の夫伊田《いだ》は手遅れであった。

「…………」

しばらく二人は無言であった。

「美絵どの。つかぬことをお伺いして良いかの」

「なんなりと」

「麴町の真田どのをご存じないか」

用件を良衛は切り出した。

「真田さま……」

美絵がしばし思案した。

「歳のころが伊田どのと近いと思うのだが」

橋下可内との話を終えて、良衛は松平対馬守のもとへ足を運び、真田真之介の年齢を確認してきていた。

「四百五十石で、小納戸をお務めである」

「……あいにく。伊田の家ともわたくしの実家とも格が違いまする」

しばらく考えた美絵が知らないと答えた。

「そうか」

良衛はそれほど落胆していなかった。質問は口実であった。良衛は美絵の顔を見たくなっただけであった。

美しさだけならば、妻の弥須子も負けてはいない。ただ、弥須子にはやすらぎがなかった。名門今大路家の妾腹《しょうふく》で生まれた弥須子は、正室の子供である姉から、見下されて育ってきた。そのためか、弥須子は良衛に出世を求めた。夫の出世で姉の嫁ぎ先をこえ、見返してやろうと思っていたのだ。その思いを良衛は理解できているが、当事者としてずっと出世出世と言われてはたまったものではない。良衛は、夫に尽くし、死後も操を立て続けている美絵に、女の理想を見ていた。

「どうかなさいましたので」

美絵が訊いた。

「お亡くなりになったのだ」

「……まあ。残された奥さまがおかわいそう」

聞いた美絵が表情を曇らせた。

「邪魔をいたした」

顔をゆがめた美絵に、良衛はいたたまれなくなった。会いたいが為の理由としたことを、良衛は後悔していた。

「白湯《さゆ》も出さずに、申しわけありません」

女の一人暮らしである。いかに医者とはいえ、引き留めるわけにはいかなかった。

美絵の謝罪を背に、良衛は長屋を後にした。

良衛はただ歩いた。このまま屋敷に帰る気にはならなかった。

「麴町か」

多少遠くなるが、まだ日は高い。良衛は真田の屋敷を見ておく気になった。

医者は格別な扱いを受ける。どれほど遅くなろうが、医者は通行を妨げられない。たとえ、夜半の四つ（午後十時ごろ）を過ぎて木戸が閉鎖されても、医者は通れた。町屋だけではない、より厳格な武家の木戸門でさえ、医者にはないのと同じであった。

「どの屋敷だ」

麴町に着いた良衛は足を止めた。

旗本屋敷は表札を出していない。用があるときは、あらかじめ屋敷の場所を問い合わせるなりしてから訪れるのが普通であった。

「勢いで来てしまったのは失敗だったな」

落ち着いて周囲を見た良衛は苦笑した。

「とはいえこのまま帰るのも業腹だな」

良衛は、あたりを見回した。

当主の死亡した旗本家は、新しい主《あるじ》が決まるまで門を閉じ、遠慮するのが慣例である。さらにまちがえて近隣屋敷へ弔問客が行かないように潜り門の上に忌の文字を書いた紙を貼る。弔問客の多い名門ともなれば、その便宜を考え、潜り門の上に提灯《ちょうちん》を出したりもする。

「あれか」

良衛はすぐに見つけ出した。

「話が聞ければいいが……」

真田の屋敷へ良衛は近づいた。

「…………」

いきなり無言で良衛は斬りつけられた。

「なにっ……」

不意のことで良衛は動けなかった。幸い、一撃は良衛の身体に届かなかった。

「ちっ。浅かったか」

襲撃してきた者が舌打ちした。

「何者か」

良衛は大きく後ろへ飛んで間合いを空けた。

「問答無用」

襲撃者は答えず、追いすがってきた。

「くっ」

奇襲を受けた良衛は、まだ体勢を整えられていなかった。良衛は咄嗟《とっさ》に手に持っていた薬箱を投げつけた。

「……こいつ」

顔めがけてきた薬箱を襲撃者は横に飛んで避《よ》け、はずれた薬箱が地に落ち、なかに入っていた薬が舞った。

だが、そのおかげで、良衛は脇差《わきざし》を抜く間を得た。

「…………」

良衛は相手の正体を探るのを止めた。禿頭《とくとう》で薬箱を手にしている良衛は、どこから見ても医者なのだ。わかっていながら襲ってきた。それも真田の屋敷に近づいたとたんである。

良衛は待ち伏せされていたと理解した。

「脇差ていどで、防げるものか」

言いながら襲撃者が、迫ってきた。

「ぬん」

待たずに良衛も前に踏みこんだ。

脇差は、太刀に比べて刃渡りが短い。普通の間合いで戦えば、太刀には勝てないのだ。

良衛は相手の懐に飛びこみ、脇差を突きだした。

「……おう」

あわてて襲撃者が後ろへ逃げた。

「医者坊主のくせに……」

襲撃者が良衛をにらみつけた。

「なめるな」

太刀を上段に構えて、襲撃者がしかけてきた。

「死ね」

勢いをのせて、襲撃者が太刀を落とした。

「くらうか」

じっと襲撃者の動きを見ていた良衛は、左へと逃げた。人の身体というのは、利き腕とは反対方向に回りやすい。逆に右へ逃げられた敵を追うのは難しい。利き腕の脇を開くからだ。

「しゃっ」

逃げながらも、良衛は脇差を片手で撃った。

片手の一撃は、両肩という規制がなくなることで、伸びる。良衛の切っ先が襲撃者の右二の腕を裂いた。

「あっっつ」

襲撃者が苦鳴をあげた。

「かなり遣うな。医者坊主とは思えぬ」

襲撃者の表情が変わった。

「たかが医者坊主を斬れと命じられてくさっていたが、なかなかだ」

真剣な目で襲撃者が良衛を見た。

「命じられた……どこぞの藩士だな」

良衛は断定した。

「それがどうした。ここで死ぬおまえにはかかわりあるまい。一刀流《いっとう》免許皆伝の吾《われ》の手で斬られることを名誉だと思え」

襲撃者がうそぶいた。

「思えるわけないわ」

言い返すなり良衛は背を向けた。

「逃がすか」

太刀を振りあげて襲撃者が追ってきた。

「かかったな」

良衛は腰を落とし、身体を回して脇差を薙いだ。

薙ぎは刃渡りのぶんだけ、間合いを支配する。逃がさぬと追撃した襲撃者は、いきなりしゃがんだ良衛へ対応できず、そのまま足を出した。

「ぎゃああ」

左膝《ひだりひざ》を割られた襲撃者が絶叫した。

膝をやられれば、人は立っていられない。襲撃者は地に転がった。

「おのれ、おのれええ」

呪詛《じゅそ》の言葉を吐きながら、襲撃者が太刀を振り回した。

「……………」

近づけば、太刀を喰らいかねない。良衛は大きく回りこんで、薬箱を拾うと、そのまま立ち去ろうとした。

「待て、このまま置いていく気か。殺せ」

襲撃者がわめいた。

「そこまで面倒を見てやる義理はない。おのれで始末をつけろ。人にいきなり斬りかかったのだ。負けたときの覚悟もできていよう」

冷たく良衛は吐き捨てた。

「できれば、生きて帰って、おまえに命じた者へ伝えろ。おかげで真田の死は、毒だと目処《めど》がついたとな」

良衛はそのまま振り返らなかった。

第三章　欲望の毒

一

襲われたことで良衛は、小納戸真田真之介の死が病死ではないと確信した。

「浪人者ではなかった。問題はどこの家臣かということだな」

単調な作業は、考えごとをするのに助けとなる。良衛は乾燥させた薬草を薬研《やげん》で細かくすりつぶしながら、昨夜の戦いを思い出していた。

仕官していない者を浪人という。そして浪人には二つの区別があった。主家に仕えていたが、事情があって浪人となったものと、生まれたときから浪人だったものである。

前者と後者では大きな差があった。前者はふたたび仕官することを悲願とし、侍としての気概を持ち続けている。後者は仕官をあきらめてはいないが、毎日の世すぎをなによりとし、侍としての矜持《きょうじ》を失うか、なくしかけていた。

もちろん、後者のなかにも高潔な意思を維持している者はいるし、前者のなかにも斬り取り強盗へと落魄《らくはく》していく者もいる。

どちらにせよ、刺客として雇われるような浪人者には、使命感というものがない。対して主持《あるじも》ちは、その命《めい》を果たさなければならないという義務感を持つ。

そう、命《いのち》をかけるというところが違うのだ。

金で雇われた刺客は、相手が強いとなれば逃げ出す。死んでしまえば、刺客をした意味がなくなる。金をもらうために人を殺すということは、己が生き残るという大前提のもとに立つからである。

主持ちはそうはいかない。真田家に近づく者を討てと命じられたならば、己の生死にかかわらず、果たさなければならない。相手が強いからといって逃げ出せば、帰る場所を失う。役立たずに禄《ろく》を与えてくれるほど、世のなかは甘くなかった。まだ、挑んで負け、死ぬほうがましである。命に殉じたのだ。主家の名前を漏らしたなど、大きな失策がない限り、家は残してもらえ、家族の生活は保障される。

「武家というのは……」

刺客となった者の矜持は高かった。良衛を格下と見て、侮っていた。これは、武家こそ至上だと思いこんでいる旗本や名門大名の家臣によく見られる。

良衛は、己を鑑《かんが》みて、武家の有り様というものを思案していた。

「真田真之介は、あの真田家の一門か」

良衛は真田家の出自を気にした。

「信濃《しなの》松代《まつしろ》藩十三万石……」

真田家の名前は、幕臣ならば誰でもが知っていた。

「神君家康さまに煮え湯を飲ませ、さらに関ヶ原《せきがはら》へ向かう二代将軍秀忠さまを足止めした真田の血統」

松代真田家十三万石の藩祖真田信之《のぶゆき》の父昌幸《まさゆき》は稀代《きたい》の軍師であった。もとは武田《たけだ》家に属していたが、武田家滅亡の後織田《おだ》、北条《ほうじょう》、徳川、そして豊臣《とよとみ》とめまぐるしく主君を代えた。表裏者としてさげすまれたが、大国の勢力に挟まれた小領主としては生き残るためにやむをえないことであった。

真田昌幸は徳川に属していたとき、北条へ城を譲るようにと家康から命じられたが、これを拒否した。当然、面目を失した家康は七千の兵を送って真田を討とうとした。これを昌幸は散々に蹴散《けち》らした。怒った家康はさらに兵を整えて攻撃するも、それも撃退。戦巧者との評判高かった家康を翻弄《ほんろう》したとして、一気に真田昌幸の名前は天下に広まった。そのときは、真田が豊臣の与力となることで、家康との和解はなったが、秀吉《ひでよし》の死後、ふたたび両家は争った。

秀吉の後天下を狙った家康は、上杉《うえすぎ》征伐を言いだし、軍勢を率いて江戸に滞在した。その隙を狙って石田三成《いしだみつなり》らが挙兵、徳川を討つとして軍勢を東へ進めた。応じた家康は、東海道《とうかいどう》を進み、別働隊として秀忠に三万の兵を預けて、中山道《なかせんどう》を行かせた。その三万の兵を、石田三成に与《くみ》した昌幸が足止めした。わずか三千の兵と侮った秀忠は、手痛い反撃を受け、結局天下分け目の戦いに間に合わないという大恥を掻《か》いた。

親子二代にわたって名前に傷を付けられた徳川は、関ヶ原の後真田家を改易、昌幸、信繁《のぶしげ》の親子を紀州九度山《くどやま》へ流した。

このとき真田家が潰《つぶ》されなかったのは、一度目の和解のおり、昌幸の嫡男信之が家康の養女を妻として、臣従していたからであった。

もし徳川が天下を取っていなければ鳴り響いたであろう真田の武名は、徳川の名前に二度も泥を塗った悪名となった。

「まさか真田家がかかわりあるとは思えぬ。分家とはいえ、本家とのかかわりは薄いはずだ」

薬研を動かしながら、良衛は独りごちた。

不思議なことだが、外様《とざま》大名の分家で万石に満たない者は旗本となった。旗本は幕臣であり、譜代大名と同じ扱いを受ける。幕府における格からいけば、旗本は外様大名よりも上である。つまり分家は本家が幕府の役目に就けないのを尻目《しりめ》に、要職に任じられることができた。

真田真之介がそうであった。真田の分家の分家というややこしい出自ながら、将軍の身の回りの世話を担う小納戸をつとめていた。

「幕府にとって真田は仇敵《きゅうてき》」

手に伝わる感触を確かめながら良衛は思案した。

家康、秀忠に恥をかかせた真田家を幕府は徹底していじめた。さすがに家康の養女を妻にしている信之へ露骨なまねはしなかったが、お手伝い普請という名の賦役を幕府は何度も課した。

お手伝い普請とは、江戸城の修理や日光東照宮《にっこうとうしょうぐう》の補修、河川の改修など本来幕府がおこなうべきものである。それをお手伝いという名目で、外様大名たちに割り振る。当然、その費用はお手伝い普請を命じられた外様大名が負担する。だけではなかった。使用する材料の仕入れ先から、買い付けの値段まで幕府が決めてしまう。自領に広大な森林を持っていてもそこの材木は使えず、高い値段で江戸の商人から購入しなければならない。他に、人足の給金、食事の内容まで幕府が指示する。さらに完成しても、なにかと因縁をつけては再工事をさせる。

外様大名から戦をするための金を奪うことを目的としたのが、お手伝い普請であった。

「真田家は関ヶ原の後、十万両あった軍資金を使い切ったという」

有名な話であった。

「明るいうちに訪れてみるか」

細かく粉砕した材料を、薬棚へ納め、良衛は立ち上がった。


真田家の周囲は騒動になっていた。

「見たんだって」

町人同士が話をしていた。

「今朝早出だったので、まともにな」

問われた職人らしい男が頬をゆがめた。

「すごかったか」

もう一人の町人が興味津々な顔で問うた。

「侍が死んでてなあ、その周りに黒々とした血の固まりがあってよ」

職人が語った。

「刀傷だったか」

「みたいだった。あんまり近づく気になれなくて、詳しくは見てないがな。もうちょっと近づくかどうか悩んでいる間に、誰かが知らせたんだろうな、紙屋《かみや》の親分が来て、仏さんに菰《こも》をかけてしまったのさ」

説明を職人が終えた。

紙屋の親分はこのあたりをなわばりにする町方の手先であった。紙問屋をしながら、手先を務めていることから、こう呼ばれていた。

「それにしても、もうそろそろ昼だろう。仏さんを大番屋へ運ばないのはなぜだ」

町人が首をかしげた。

変死などは、最初町内の自身番へ運ばれ、そこで町方同心の検死を受けた後、日本橋にある大番屋へ移され、引き取り手が現れるのを待つ。これが通常であった。

「殺されていたのが、どこぞのお侍さまらしかったからじゃないか」

職人が声を潜めた。

「……浪人じゃねえと」

「ああ。身形《みなり》もそれなりであったし、月代《さかやき》もきれいだった」

確認した町人に、職人が告げた。

「そりゃあ、災難だな、紙屋の親分も」

武家は町奉行所の管轄からはずれる。一応、死体の検死は同心がおこなうが、主持ちらしいとわかった段階で、後始末を一任して去っていってしまう。親切でしても、あとから不浄役人が要らぬことをと、遺族から逆ねじを食わされかねないからであった。

「しかたないから、ああやって日が落ちるまで、仏さんの守をしているんだよ」

職人が語った。

さすがに日が落ちてまで、死体を放置しておく訳にはいかなかった。日隠れには、死体を自身番に引き上げる。さすがに遺族も一日放置したことになるだけに文句を言う筋合いはなくなる。そしてさらに一日、自身番で預かり、それでも連絡がなければ、近くの寺へ渡し、無縁仏として葬る。

「率爾《そつじ》ながら……」

そこまで聞いて、良衛は職人に声をかけた。死ぬほどの傷ではなかったはずだと良衛は疑問を感じていた。前に東本願寺《ひがしほんがんじ》の側で襲われたとき、良衛によって足をやられた刺客が自害した。それを良衛は思い出していた。

「……誰でい。お医者さんでやすか。脅かさないでくださいよ」

振り返った職人が良衛を一目見て、緊張をほどいた。

「すまんな。少し教えていただきたいのだが」

禿頭《とくとう》で脇差《わきざし》だけという医者まるわかりの姿の良衛は、辞を低くして問うた。

「なんでやす」

職人が促した。

「死んでいた侍の刀傷はどこに」

「血の流れているのは、右首が多かったようで」

「右首か……」

良衛は表情をゆがめた。刀を左腰に差すのが決まりの武家は、右利きしかいなかった。左利きはわかったときから徹底して矯正され、右利きに変えられる。そして右利きの者が、首を切って自害するとなれば、左になりやすい。殺されたなと良衛は考えた。

「身元はまだわかっていないようだが……」

「のようでやんすねえ」

ふたたび問う良衛に職人がうなずいた。

「おぬしは、この付近に住まいおるのか」

「そこの辻《つじ》を入って突き当たり左の長屋に住んでおりやす」

職人が指さした。

「そうか。往診を頼まれてきたのだが、真田さまというお旗本のお屋敷を存じておるかの」

「真田さま……。ああ、そこのお屋敷でございますよ。往診でやすか……先日お殿さ

ま は亡くなられたはずでござんすが」

「愚昧《ぐまい》が求められたのは、奥方さまだが……」

そこで良衛は声を潜めた。

「ご当主さまはなんで亡くなられたかご存じか」

「……ご病気だとの噂で」

職人も小声になった。

葬儀というのは、近所の耳目を集める。また、旗本とはいえ、使用人がいるかぎり、内情は外へ漏れる。話し好きな女中、口の軽い中間はどこにでもいた。

「どうしてそんなことを気に」

じっと職人が疑いの目で良衛を見た。

「お屋敷の正確な場所を知らぬということから、愚昧が真田さまのかかりつけではないとわかろう」

「……たしかに」

「ご当主が亡くなり、医者が変わった。となれば、何が考えられる。そう、前の医者がなにか失敗した。それを知っておかぬと愚昧も同じ轍《てつ》を踏みかねぬ」

「なるほど」

職人が手を打った。

「おわかりいただけたか」

「わかりやしたとも。あっしら大工も、施主さんのお気に入れば、そのあとの普請、造作を任していただける。それと同じでござんすな」

したり顔で職人が言った。

「医者といえども商売であるからな」

「うん、うん」

大きく職人が首を縦に振った。

「おい、左吉《さきち》。おめえなにか聞いていないか」

職人というのは親切なものだ。その場で職人が先ほどまで会話していた町人に訊《き》いてくれた。

「いいや、なんも聞いてねえぞ」

左吉と呼ばれた男が首を横に振った。

「あの仏さんたちが、真田さまのかかわりということは」

「ないと思うがなあ」

「ああ。これだけ朝から騒ぎなんでやすぜ。知らん顔もできませんでしょうよ」

良衛の問いに、二人とも首を振った。

「かたじけなかった。では、愚昧は往診に参りましょう」

礼を言って良衛は、離れた。

「真田家の家臣ではないと思っていたが、まったく知らぬようだな」

しっかりと門を閉じて、かかわり合いになるのを拒んでいる真田家に良衛は一人納得した。

「ごめんを」

良衛は真田家の潜り門をたたいた。

「どなたであるか」

なかから誰何《すいか》の声がした。

「表御番医師矢切良衛と申す。ご当主さまか、ご後室さまにお会いしたい」

良衛は名乗った。

「……表御番医師さま」

潜り門に設けられている覗《のぞ》き窓が開いた。

「しばし、お待ちを」

禿頭を確認した門番が駆けだした。

「どうぞ。忌中につき、表門でないことをお許しあれ」

詫《わ》びに続いて、潜り門が開いた。

「失礼いたす」

良衛はなかへ入った。

「まだ家督が決まっておりませぬ。本日は後室がお目にかかりまする」

門番に代わって登場した中年の家士が述べた。跡継ぎなきは断絶と決まっている。もちろん、真田にも後継者はいた。ただ、将軍から許しが出るまで、当主と名乗るわけにはいかない決まりであった。

「お手数をかける」

良衛は了承した。

「こちらでお待ちを」

さして広くもない客間へ、良衛は案内された。

「……お待たせをいたしました」

出された白湯《さゆ》が冷め切ったころ、ようやく後室が現れた。

「いや、不意に訪れた。お詫びいたす」

良衛は頭を下げた。

「表御番医師さまが、お見えのわけは」

うつむき加減で後室が訊いた。

「亡くなられたご主人について、いささかお伺いいたしたい。その前に、このたびはまことにご愁傷でござる」

若く美しい後室のやつれた姿に、良衛は同情した。

「お気遣いかたじけのうございまする」

後室が礼を返した。

「早速でござるが……」

良衛は前置きをせず、用件に入った。

「先日、真之介どのは城中で体調不良を訴えられ、ご用中に下城なされたが、そのときのご様子をお聞かせいただきたい。ご帰邸はどうでございましたか」

「昼過ぎ、町駕籠《かご》で戻って参りました」

「町駕籠……ご自身で拾われたのでございましょうや」

「お城坊主どのが、大手門を出たところまでお送りくださり、そこで駕籠を呼んでくださったと申しておりました」

小納戸はさして身分の高い役目ではないが、その登下城には家臣がついた。普通は侍身分の家士一人、挟み箱持ちの中間、草履取りの三人である。とはいっても、主《あるじ》を送っていったあと大手門前で下城を待ち続けるのも無駄なので、普段は屋敷に戻り所用をすませ、下城時刻を見計らって迎えに行く。

当然、不意に下城することになった真之介を家臣たちが出迎えることはできなかった。

「お城坊主どのが……では、駕籠から降りられたときのご様子は」

心に留めながら、良衛は質問を続けた。

「駕籠から立ち上がるのも無理で、家士が支えましてございまする」

後室が答えた。

「足に力が入らなかった」

「というより、つらくて力が入らなかったようで」

詳細を求める良衛へ、後室が告げた。

「息はしっかりとしておられましたか。浅く、回数が多くはございませんでしたか」

「さようでございまする。まるで息を吸えていないようでございました」

後室がうなずいた。

「水などはお摂《と》りに」

「受け付けませんでした。なにを口に入れても……」

思い出したのか、後室の声が小さくなった。

「嘔吐《おうと》は」

きつそうだとわかりながらも、良衛は重ねて質問した。

「……いいえ」

後室が首を振った。

「真田どのは、いかな身体つきでおられた」

　会うどころか、見たことさえない。良衛は尋ねた。

「大きいほうでございました。身の丈は六尺（約百八十センチメートル）弱、体重も十八貫（約六十八キログラム）ほどございました」

「それはなかなかにご立派でござる」

　大柄といわれる良衛よりも、まだ一回り上であった。

「最後でござる。お亡くなりになったのは、三日前ではございませぬな」

「……っ」

　良衛の言葉に、後室がはっと顔をあげた。

「……いいえ。亡くなりましたのは、たしかに三日前でございまする」

　後室が必死に否定した。

「…………」

　黙って良衛は後室を見つめた。

「……なにとぞ、なにとぞ」

　後室が額を畳にすりつけた。

「ご安心いただきたい。わたくしは上様の周囲でおこった病などを調べているだけで、それ以外のことには、かかわりませぬ」

良衛はそう応えるしかできなかった。

「では、ごめん」

用はすんだと良衛は席を立った。

「お待ちを……」

玄関で先ほどの家士が良衛を呼び止めた。

「精進落としをどうぞ」

家士が懐紙に包んだものを手渡してきた。

「……ちょうだいいたそう」

「よしなにお願いいたしまする」

あからさまに家士がほっとした顔をした。

屋敷を出た良衛は、まだ死体が残されているのを見た。

「すまじきは宮仕えだの」

良衛は嘆息した。

主命で良衛を襲っただろうに、死体さえ引き取ってもらえない。主家を特定されないためだとはいえ、あまりの扱いであった。

「十両か」

歩きながら良衛は先ほど真田家の家士から渡された懐紙包みを開けた。

「相当無理をしたな」

良衛は小判をもとのように包み直した。

賄賂《わいろ》であった。

真田真之介は奥方を見てもわかるように若かった。

「おそらく、跡継ぎとなる男子がまだいなかったのか、いても小さく幕府へ届け出るわけにはいかなかったのだな」

旗本のみょうな慣習であった。大名、旗本の多くは男子が産まれても、七歳になるまで届けなかった。これは幼児のうちに死亡することがかなりあり、跡継ぎと届けていた場合は、幕府の検死を願わなければならないなど、いろいろと手続きが煩雑であったからであった。また、おおむね七歳になるまで、幕府が相続を認めないというのも原因となっていた。あたりまえのことだが、大名や旗本の当主は、その地方を治める領主でもある。その領主が子供では、政などできるはずもない。幕府の判断は妥当であった。

他にも、名門ともなると側室が産んだ長男ではなく、正室の設けた次男を跡継ぎにしたりと、いろいろややこしい事情もまじる。

そんなときに当主が急死すれば騒動であった。

世継ぎなきは断絶が、幕府の決まりである。さすがに昨今緩くはなったとはいえ、基本末期養子、つまり当主の死を迎えての養子は禁止なのだ。

これは、一日でも養子の届けが早ければよいとの裏返しでもある。

真田家は、真之介の死をずらし、先に跡継ぎの願いをあげ、そのあとで当主の死を届けたのであった。

「これで一つ証拠は出たな」

良衛は、その足で大目付松平対馬守の屋敷へ向かった。

二

閑職ゆえに、下城が遅い。

矛盾しているようだが、これも松平対馬守の矜持《きょうじ》であった。

仕事がない。だからさっさと刻限がくると下城する。これは、自ら大目付は飾りものでそれではあまりに情けないと、松平対馬守は、城中にいる宿直《とのい》番以外の大名が、すべていなくなるのを見届けるまで残っていた。

「迷惑な」

客間で待たされた良衛は、ぼやいた。

医師として患者を持つ身である。少しでも無駄なときは使いたくない。今、こうやって一人客間で放置されている間も、いつ急患が屋敷を訪れてもおかしくはないのだ。

そして、良衛がいないことで、手遅れとなるかもしれない。

しかし、大目付を敵に回すわけにはいかなかった。医者は法外というが、それは建前でしかない。表御番医師は旗本である。旗本は幕府の指示に従う義務があった。

「急ぎのときはどうするのだ。こうやって待ち続けているあいだに、敵を逃がすぞ」

「ふむ。それは考えねばならぬな」

思わず口をついて出た良衛の独り言に、返答があった。

「対馬守さま……」

振り返った良衛の目の前で、襖《ふすま》が開いた。

「たしかに、そうであるな。方法を考えておこう」

言いながら対馬守が上座に腰を下ろした。

「話せ」

「昨日……」

良衛は、昨夜からのできごとを告げた。

「これを」

語り終わった良衛は、懐から賄賂の十両を出し、松平対馬守のほうへ押した。

「毒にまちがいないな」

「絶対とは言えませぬが、まずまちがいございますまい。本日真田真之介どのが、即日死亡したとわかりましたので、最後の矛盾がなくなりました」

良衛は答えた。

「矛盾……」

説明を松平対馬守が求めた。

「はい。毒を喰らったとして、数日生きているというのは、難しゅうございまする」

「意味がわからん」

松平対馬守が首をかしげた。

「毒には、効く量というものがございまする。耐性のある場合や、男女、老若、体質などで多少は変化いたしますが、さほど差はございませぬ」

「それは一定の量がないと毒は効かぬということか」

「正確とは申せませぬが、おおむねそうだとお思いいただければけっこうでございまする」

良衛は首肯した。

「で」

顎《あご》で松平対馬守が先をうながした。

「もし、真田真之介どのが、お届けどおり、城中で異常を訴えられてから三日生きておられたとすれば、毒ではないと考えねばならぬところでございました」

「効くか効かぬかぎりぎりの量であったというのはあり得ぬのか」

松平対馬守が訊《き》いた。

「上様を害そうとしたのならば、あり得ませぬ」

はっきりと良衛は否定した。

「人一人殺せるだけの毒を入れなければ、意味はございますまい」

「そうか。効かなければ無駄どころか、警戒されるだけだな」

すぐに松平対馬守が理解した。

「屋敷まで生きていたのは……いや、お城を出るまで生きていたのは」

真田家の届け出が信用できなくなった。松平対馬守がお城坊主によって確認されている真田真之介の生存時刻に言い換えた。

「真田どのの体軀《たいく》のおかげでございましょう。後室どのに確認いたしました。真田どのはかなりの太り肉《じし》でござったようで……薬は太っているお方には、効きが悪うございますれば」

「経験からか」

「はい」

松平対馬守の念押しに、良衛は確信をもってうなずいた。

「推測でしかございませぬが、もし、上様があの膳《ぜん》を口になさっていたならば……」

「亡くなっていた。上様は小柄であらせられる」

「………」

無言で良衛は肯定を示した。

「……わかった。だが、謎がある」

「はい」

良衛もわかっていた。

「一つは誰がやったかだ」

当然の疑問であった。

「そしてもう一つは、なぜ膳の一つにしか毒が入れられていなかったか」

「………」

松平対馬守の言葉に良衛は反応しなかった。それを考えるのは良衛の任ではなかったからである。良衛の仕事は、毒かどうかを調べることであり、それ以上は求められていない。

「ご苦労であった。帰ってよいぞ」

「……対馬守さま」

良衛は松平対馬守を見上げた。

「……ふん。後室に心奪われたか。聞けば、そうとう美しい女だそうだな」

松平対馬守が鼻先で笑った。

「なにを言われまする」

からかわれた良衛は、憤った。

「怒るな」

手を上下に振って、松平対馬守が良衛を抑えた。

「すまなかった」

松平対馬守が軽く頭を下げた。

「右筆に確認したが、真田家の家督相続願に書かれていたのは、息子であったわ」

「実子……養子ではなく」

良衛が確認した。

「養子願ではなかった」

松平対馬守が述べた。

「何歳《いくつ》となっておりましたか」

「……七歳に決まっておろう」

わかりきったことを聞くなと松平対馬守が言った。

「当主が死ぬまで、実子ながら届けが出ていなかった……となると」

「三歳だそうだ。松代と会ったので、訊いておいた」

松平対馬守が告げた。

松代とは、真田本家のことである。松代の真田は大目付の監察を受ける。松平対馬守に問われれば、答えざるを得ない。また、いかに交流が薄くても、分家の血筋くらいは知っている。知っていて当然であった。

「……三歳」

四歳の鯖読《さばよ》みを真田真之介家はしていた。三歳児に旗本家の当主は務まらない。良衛は驚いた。

「相続には、相当もめたであろうな」

松平対馬守が口にした。

「…………」

良衛はなにも言えなかった。

旗本の禄というのは、代々受け継いでいける収入源である。旗本真田家は四百五十石、すなわち、幕府から年間四百五十石の米がとれる知行所を与えられていることになる。幕府は旗本真田家に四百五十石の働きがあったとして、子々孫々にまで継承を許している。言うまでもないが、与えられている家禄《かろく》を勝手に分割するなどは認められていなかった。

家禄は代々、当主一人に与えられる。子供が二人いるからと、折半できないのだ。つまり、跡継ぎ以外は一石ももらえない。当主になれなかった男子は、養子にいかないかぎり、実家で肩身の狭い思いをしながら、生涯厄介叔父《おじ》として生きていくしかなくなる。厄介叔父ほど哀れなものはなかった。家臣であれば、少ないとはいえ、禄《ろく》をもらえる。しかし、厄介叔父には一銭もない。

そんな厄介叔父にとって、当主の急死は人生浮上の好機であった。

「当主には五つ下の弟がいるらしい。養子には出たようだが、あまりよいところではない。百五十石で小普請、御家人だそうだ」

「それはかなり……」

良衛も難しい顔をした。

御家人は、将軍に目通りできない身分であった。この差は幕臣にとって大きなものであった。

「しかも弟には、七歳と五歳の男子がいる」

よく松平対馬守は調べていた。

「なるほど。息子を跡目に入れようと画策した」

想像して良衛は目を閉じた。

真田真之介の弟は、厄介叔父になるよりましと、格下の家に婿養子として入った。だが、親として吾《わ》が子には少しでもよい思いをさせたい。とくに男子が二人いるならば、一人行き先をどうにかしてやらなければならない。もし、長男に真田家を継がせられれば、弟に家を譲れる。本家の子供がまだ幼いのだ。絶好の機会を逃がすまいと動いたのは、親として当然であった。

「もう少し、ときがあったならば、どうなったかわからぬがな」

口の端を松平対馬守がゆがめた。

当主はすでに死んでいる。いかに表門を閉じていれば、漏れないとはいえ、そうそう何日もごまかせない。とくに真田真之介は、将軍綱吉の身の回りの世話をする小納戸なのだ。他の番方だとかなり長く休めるが、小納戸など重要な役割はそうそう病欠もできなかった。そんな身体の弱い者を将軍の側に置くわけにはいかないからである。

「家を潰《つぶ》すよりはましと、弟が引いたか、相応の金かものを渡したか」

名前だけとはいえ、大目付は旗本の顕職である。そこまであがってきたということは、松平対馬守は長い間、旗本として役目をそつなくこなしてきているとの証しである。

「そんなことはどうでもよい」

松平対馬守が話を切った。

「我らが調べるは、上様を害し奉ろうとした輩《やから》がいたかどうかということであり、それはあきらかになった。四百五十石ていどの小旗本の家督がどうなろうが、知ったことではない」

「…………」

真田家の家督に口出ししないと、松平対馬守が宣言したのを受けて、良衛はほっとした。

「よって、この金は不要である」

十両を松平対馬守が良衛へと返した。

「わたくしにお預けいただいても困りまする」

賄賂《わいろ》を受け取ったことになる。良衛は金に手を伸ばさなかった。

「なにを気にしている。この金は賄賂ではない。金を受け取って便宜を図るから賄《まいない》となる。おまえに真田家の家督を左右するだけの権はない。権のないものに金を渡したところで、無駄なだけ。死に金だな」

冷たく松平対馬守が言った。

「…………」

良衛は答えに詰まった。当主の急死があり、三歳の子供を七歳と偽るには、組頭や右筆などへかなりの金を遣ったはずであった。真田家の家禄は四百五十石、五公五民で実収入は二百二十五石、精米すれば一割減るので手元に残るのは二百二石ほどになる。一石一両とすれば、年収二百両あるかないか。そこから家士や中間、女中たちの給金を払い、旗本としての体面を保つとなれば、ぎりぎりか、少し足りないかもしれない。蓄えなどほとんどなかったはずだ。家督を息子に継がせるためにかなり無理もしたうえ、さらに十両を出すのは、真田にとってかなりつらいはずであった。

「矢切、そなたは医者だ。医者ならば、生き死にを扱うのは得意であろう。この金を死に金とするか、生かすかは、そなたのさじ加減一つ」

松平対馬守が良衛を見た。

「生きた金にして見せろと」

「儂《わし》は知らぬ」

良衛の言葉に松平対馬守が横を向いた。

「では、お預かりをいたしまする」

手を伸ばして良衛は金をつかんだ。

「…………」

もう松平対馬守は、良衛に目も向けなかった。

翌朝、松平対馬守が、柳沢吉保を呼び出した。

「そのお顔から察するに、よくない結果だったようでございますな」

柳沢吉保が読みとった。

「そのとおりだが、柳沢どのよ、あまり賢《さか》しらなまねはお慎みあれ」

先回りされた松平対馬守が苦言を呈した。

「役人たちは、相手の足を引っ張ることしか考えておりませぬ。同僚は皆、出世の競争をする相手。優秀な同僚は、己の出世の妨げとなる。目立てば、周囲全部が敵となりましょう。どのようなところからでも、嚙《か》みついて参りまするぞ」

「これはいたらぬまねを」

柳沢吉保がわびた。

「老婆心までてでござれば、気を悪くなさるな」

松平対馬守がなだめた。

「ずれ申した」

話をもとに戻すと松平対馬守が言った。

「毒だそうでござる」

松平対馬守があらためて告げた。

「…………」

柳沢吉保が表情を厳しいものにした。

「いろいろと偶然が重なって、その場で……」

良衛の説明を松平対馬守が述べた。

「ううむう」

聞いた柳沢吉保がうなった。

「誰が毒を盛ったか。それがわからぬ限り、上様のご安寧は取り戻せませぬ」

「手だても知っておかねば、今後繰り返されよう」

松平対馬守も苦い顔をした。

「そちらはどうでござった」

台所役人の探索は柳沢吉保の分担であった。

「恥ずかしながら、まだなにも」

進展していないと柳沢吉保が頭《こうべ》を垂れた。

「困難とは存じておりまするが……急いでいただかぬと、今度こそ上様の御身に影響が出るやも知れませぬ」

松平対馬守が首を振った。

「わかってはおりまするが、堂々と取り調べるわけにも参りませず」

柳沢吉保が苦悩した。

台所役人は多い。役高二百石、役料百俵の御広敷膳《ぜん》所賄頭を頂点にして、およそ百人からの役人がいた。

といっても身分は低く、御広敷膳所賄頭以外、料理に携わる者はすべて御家人であった。

「御家人とは縁がなく」

目見えできる、できないの差は絶対の壁であった。剣道場の同門などでもなければ、まず交流することはなかった。

「御賄頭は旗本役でござろう」

首を振る柳沢吉保に、松平対馬守が言った。

賄頭は、台所役人のなかで唯一旗本が任じられた。禄高《ろくだか》二百石、役料二百俵で、膳や椀《わん》、箸《はし》などの道具類を差配した。

「会うことさえございませぬ。我らが接するのは、御広敷番頭でございますれば」

柳沢吉保が小さく肩をすくめた。

御広敷の台所で作られた将軍の食事は、台所から御広敷番頭の指示で囲炉裏の間へと運ばれる。小納戸たちは、そこで膳を受け取るのだ。

「…………」

松平対馬守が腕を組んだ。

台所役人というのは、難しい役目であった。まず、御家人でありながら、料理ができなければならなかった。表向き世襲制ではない台所役人だが、普通の御家人に、いきなり明日《あした》から将軍の食事を作れといっても無理な話である。当然、台所役人を務めている者の子供が、そのまま召し出される形になる。伊賀《いが》者ほどではないにせよ、つきあいも台所役人の範疇《はんちゅう》だけになった。この状態で代を重ねれば、皆親戚《しんせき》になる。そこへ新しい人材が加わってもうまくいくはずなどない。台所役人は実質世襲となっていた。

世襲で役目を独占しだすと、他者の排除が始まるのは、どことも同じである。

「台所役人は余得が多いというな」

一層松平対馬守が声を潜めた。

「そう聞き及びまする」

柳沢吉保も知っていた。

台所役人の余得とは、食材にあった。

江戸城御広敷台所には、毎日大量の食材が御用商人の手で搬入された。他にも魚河《うおが》岸《し》から、魚の献上がなされた。広大な御広敷台所が埋まるほど、食材が集まる。だが、御広敷台所は、将軍と御台所、大奥に在している公子、姫方の分しか作らない。当代でいえば、世子や大御所などは、江戸城西の丸に住むため、御広敷台所は担当しない。当代でいえば、綱吉と御台所、そして長女鶴姫《つるひめ》だけなのだ。

当然、大量の食材が余った。それを台所役人たちは持ち帰れた。将軍が食する材料である。一流の品ばかりであった。なかには、薩摩《さつま》から献上された砂糖などもあり、持ち帰った食材はかなりの金額で取引された。

もちろん、余った食材を売るなどは論外であった。使用されなかった食材は、まとめて廃棄される決まりである。とはいえ、一々目付あるいは徒目付《かち》が見張っているわけではない。台所役人全部が組めば、どうにでもできた。

当然のことながら、ばれれば見過ごしてもらえなくなる。いや、下手をすると罪に問われかねなかった。それだけに結束は堅い。外からの介入を極端に嫌がる。

「金で飼うしかないか」

「なまじの金で動きましょうや」

つぶやくように言った松平対馬守に、柳沢吉保が疑問を返した。

「毒が入っていたと明らかにすれば、調べられよう」

「台所役人全員打ち首でございますな」

松平対馬守の提案に柳沢吉保は嘆息した。

将軍の食事を司《つかさど》るだけに、なにかあったとき台所役人は厳罰に処せられた。将軍の食べる飯に小石が入っていただけでも切腹なのだ。毒が盛られていたなどとなれば、大騒動ではすまなかった。

「毒入りをほのめかして、脅すというのも、儂《わし》やおぬしではつごうが悪い」

窺《うかが》うように松平対馬守が柳沢吉保を見た。

「…………」

柳沢吉保が表情を消した。

大目付と小納戸はその役目上、将軍毒殺の未遂を知ったならば、ただちに目付に報《しら》せなければならなかった。それを勝手に隠匿し、台所役人を取り調べたとなれば、職分を侵された目付が黙っていない。

「毒のことを知っていておかしくないもの……」

「……医師しかおりませぬな」

二人が顔を見合わせた。

「儂が矢切に命じるゆえ、おぬしは上様にご報告を。それに毒味をもう少し手厚くしてもらわねばならぬ」

「承知いたしました。確実に中《あた》るよう、できるだけ小柄な者を配置いたしましょう」

良衛の助言が、みょうなところで使われた。

「では」

将軍綱吉のお気に入りとして忙しい柳沢吉保が、急いで離れていった。

「……矢切に台所は任せるとして……やはり甲府《こうふ》であろうな」

残った松平対馬守が独り言《ご》ちた。

毒殺というのは、はまればこれほど便利なものはない。なにせ、そのとき側にいなくていいのだ。教唆した者が、その場で下手人として捕まえられる心配はない。

三

「どのくらい待てばいいのだ」

甲府徳川二十五万石の上屋敷、竹橋《たけばし》御殿で徳川綱豊が焦《じ》れた。

「畏《おそ》れいりまするが、今しばしのご辛抱を」

甲府徳川家用人、室和泉《むろいずみ》が綱豊をなだめた。

「もう一度毒を使えばよいではないか」

「さようでございまするが、ときが悪しゅうございまする。どうやら先だってのことに気づいた者がおるようで。今は膳に目が光っておりまする。したところで見つかりましょう」

室が時期がよくないと告げた。

「かまわぬ。うまくいくまで何度でも毒をもってやればいい。あやつが吾《わ》が父にしたことを返してやるのだ」

綱豊が言った。綱豊の父綱重《つなしげ》は、四代将軍家綱の弟で、五代将軍綱吉の兄にあたる。本来ならば、家綱の死を受けて五代将軍となるべき人物であったが、兄に先立って死んでいた。一応五代将軍選出のおり、系統からいえば館林の兄になる甲府家の綱豊をという案もでたが、一代家康より血筋が遠くなるとの理由で流れた。

「それでは、台所に忍ばせた者が見つかってしまいましょう」

「よい。小者であろう。死んだところでどうということはない。余が将軍になったとき、その者の係累を重用してやる。そうよな、千石で旗本にしてやるといえば、喜ぶであろう」

危険だという室に、綱豊が笑った。

「将軍の食事に毒を入れるのでございまする。見つかれば、謀叛と同じ。九族皆殺しにされまする。遺《のこ》される者などおりませぬ」

室がとんでもないと否定した。

「余のためであるぞ。一族の命などものの数ではなかろう」

不満げに綱豊が口をゆがめた。

「殿」

じっと室は綱豊を見つめた。

「な、なんじゃ」

綱豊がたじろいだ。

「ご意見申し上げまする。将軍はすべての武士を統べるお方」

「当たり前のことを言うな」

大声を綱豊があげた。

「すなわち忠義の根底」

「なれば、余のために死ぬなど当たり前のことだ」

「たしかに将軍へ忠義を捧《ささ》げるのは武士として当然。では、将軍はなにをあたえるのでございましょう」

室が問うた。

「禄《ろく》であろう。禄を与えてやっているから、従うのだ」

「仰せのとおりでございまする。では、その禄を受け取れぬとわかっていたならば、どうでございましょう。もちろん、わたくしは殿のおためとあれば、この身はおろか、子や孫の命も捧げまする。しかし、忠義の本質さえわからぬ、小者にそれを求められましょうか」

「…………」

綱豊が黙った。

「ことがなったときの報償は必須《ひっす》でございまする。そして、それを受け取れると思わせなければ、命を賭《と》してまで人は動きませぬ。その日喰《く》いかねている浪人ならば、やるかもしれませぬが、台所役人として、身分は低いながら明日《あした》を約束されている者はいたしますまい」

「正義のためぞ。簒奪《さんだつ》者綱吉から、正統を取り返すための戦いである」

説得する室に、綱豊が反論した。

「…………」

室が表情をなくした顔で黙った。

「…………」

綱豊も沈黙した。

主従が互いを見つめ合った。

「わかった。余が辛抱する」

折れたのは綱豊であった。

「余は若い。一月や二月待ったところでどうということはない」

綱豊が鼻を鳴らした。

「はい。殿は上様よりもお若い。ときは十分にございまする」

室がほほえみを浮かべた。

五代将軍綱吉は正保三年（一六四六）生まれで、寛文二年（一六六二）誕生の綱豊より十六歳上であった。

「とはいえ、和泉」

　ぐっと綱豊が身を乗り出した。

「綱吉に新たな子ができるまでぞ」

　暗い声で綱豊が告げた。

「……重々承知いたしておりまする」

　そっと室が目を伏せた。

「さすがに二度も子殺しをさせるのは気がひける」

「…………」

　綱豊の言葉に、室が黙って額《ぬか》ずいた。

「そういえば、和泉」

「なんでございましょう」

　口調の変わった綱豊を、室が見上げた。

「宇無加布留は手配できたのか」

「……あいにく」

　室が首を振った。

「なにをしている。余と同じことを綱吉がせぬとは限らぬのだ。余の食事に毒が盛ってあればなんとする。すべての毒を解くという宇無加布留がなければ、余が死ぬではないか」

綱豊が顔色を変えた。

「何軒もの薬種問屋、唐物問屋に命じましたが江戸では手に入りませぬ。長崎まで行かせて探させもいたしましたが……なにぶん、南蛮や清でも滅多に手に入らぬものだそうで……」

「余をなんと思うか。正統なる徳川の跡継ぎであるぞ。余の命以上に貴重なものなど、この世にはない。なんとしてでも早急に手に入れよ。それまでは、毒味を倍に、いや、三倍にいたせ」

「はっ」

厳しく叱咤《しった》する綱豊に、室は首肯するしかなかった。

宿直《とのい》番の翌日は明け番である。一日丸まる休みであった。とはいえ、良衛は屋敷で医者を開業している。休みだからといって朝寝はできなかった。

いや、休みで一日良衛がいるとわかっているだけに、普段以上に患者が押し寄せた。

「先生、腹が痛い」

若い男が腹を押さえて、脂汗を流していた。

「昨日、なにを喰った」

「鯖《さば》」

「火をとおしたか」

「新しそうだったし、面倒だったのでそのまま……」

訊《き》かれた若い男が答えた。

「中《あた》ったな。鯖は生で食するのはよろしくない」

良衛は若い男の様子を見た。

「体力はありそうだな。では、まず、身体のなかに残った鯖の毒を出さねばならぬ」

良衛は荒療治に出た。

「年寄りや子供には使えぬ手だが……三造、大黄を煎《せん》じてやれ」

部屋の隅に控えている三造へ、良衛は指示を出した。

大黄は蓼《たで》の一種の根を乾燥させたもので、便秘などに使われた。

「濃いめでよろしゅうございますか」

「ああ。一気に下せるほどのやつをな。あと、塩水を飲ませるのを忘れるな」

下痢を強制するのだ。脱水症状になってはまずい。良衛は水分摂取の注意を与えた。

「承知いたしました。では、こちらへおいでなさい」

三造が若い男を診察室の隣に設けてある処置室へと連れて行った。

「お次、お待ちのお方、お出《い》でなされ」

良衛は次の患者を呼んだ。

「先生」

入ってきたのは、先日佐川逸斎のところで顔を合わせた唐物問屋の山本屋であった。

「どうした、風寒でももらったか。顔色が白いぞ」

山本屋を見て、良衛は元気がないと気づいた。

「……矢切先生。本日はお願いがございまして、参上つかまつりました」

膝《ひざ》をそろえ、身を小さくした山本屋が手を突いた。

「どうしたというのだ。まあ、それでは話ができぬ。愚昧《ぐまい》にできることならば、お引き受けいたそうほどに、とにかく顔をあげていただきたい」

良衛は山本屋に用件を促した。

「宇無加布留をお分けいただきたいのでございまする」

山本屋が言った。

「……持っておらぬぞ」

知っているはずだがと良衛は首をかしげた。

「承知いたしておりまする。ですが、お持ちのお方をご存じでございましょう」

「……名古屋玄医先生に頼めと」

良衛は目をむいた。名古屋玄医は良衛の本道における師である。京で開業し、『傷《しょう》寒論《かんろん》』の影響を受け、実地なき医学はなりたたず、患者の治癒こそ神髄なりと唱える名医であった。

「伏してお願いいたしまする」

ふたたび山本屋が平伏した。

「たしかにお持ちであるが……」

名古屋玄医のもとで修業を積んでいたとき、その薬品蔵の奥に仕舞いこまれていた宇無加布留を良衛は見ていた。

「だが、あれは宮家からの拝領ものだったはず。分けてもらうわけにはいくまいぞ」

「そこをなんとか」

山本屋が必死にすがった。

「どうしてそこまで宇無加布留にこだわる。理由を聞かせていただきたい。もし、高値で売り抜けて儲《もう》けようというのならば……」

「と、とんでもございませぬ」

あわてて山本屋が手を振った。

「お名前は差し障りがございますゆえ、ご勘弁願いまする。わたくしがお出入りをいただいているお屋敷さまより、なんとしてでも宇無加布留を手に入れよと厳命されまして……できずば、出入りを差し止めると」

泣きそうな顔で山本屋が告げた。

「無茶な。宇無加布留など将軍家でさえ、宝蔵で保管しているほどのもの。町屋でどうにかなるものではないというに」

良衛はあきれた。

「……………」

山本屋が黙った。

「しかし……」

名古屋玄医への添え状を良衛は書くわけにはいかなかった。

「一度前例を作れば、同じことを求められたとき、断れなくなる。おぬしには許して、次からは駄目とはいえまい」

「決して、外には漏らしませぬ」

他言はしないと山本屋が宣言した。

「もう、漏れているも同じだ」

良衛は首を振った。

「おぬしが宇無加布留を手に入れたなら、どこから手配したかとなろう」

「しゃべりませぬ」

「お出入り先から、入手先を明らかにせよと迫られて拒めるか」

「…………」

山本屋が黙った。

「それはよいとしよう。だが、長崎まで行って手配できなかった宇無加布留を手に入れたとなれば、どうやったかを同業者たちは探る。そして簡単に見つける。おぬしが日頃しない行動をとった跡をあぶり出せばいい。かかりつけでもない医者のもとへ行き、そのあと都へ足を運んだなど、すぐに知れる」

「それは……」

はっと山本屋が顔をあげた。

「わかったであろう。商売は戦いだ。負けてはなにも得られないだけでなく、いろいろなものを失う。さすがに合戦と違い、負けて命を取られるわけではない。つまり、再戦ができるということだ。負けた連中は、取り戻そうと必死になる。その連中から、おぬしは、吾《われ》をずっと守り続けられるのか」

「……できませぬ」

山本屋が目を伏せた。

「のう、山本屋どのよ。どうして、そこまで宇無加布留にこだわられるのだろう。貴重薬として知られてはいるが、本当に効くかどうかさえわかってはいないのだぞ」

良衛が疑問を呈した。

「わかりませぬ」

「宇無加布留がなければ死ぬという患者がいるならば、まだなんとかしなければならぬと思うが、そうではなさそうだしの」

「そうではございますまいか」

ぐっと山本屋が身を乗り出した。

「それはないな。宇無加布留を探すのにときをかけている。おぬしを長崎まで往復させたくらいだからな。切迫していれば、そのように悠長なまねはできまい」

「はあ」

あいまいながら山本屋が同意した。

「もう一つの根拠はな、宇無加布留の下賜を願い出ていないからだ」

「下賜でございますか」

「ああ。そこまで宇無加布留を求めているならば、上様がお持ちなことは知っていよう。もし、藩主、奥方、若君、姫あたりが重病で、宇無加布留をどうしてもとなれば、幕府へ願い出ればいい。そう簡単には下賜されまいが、噂にはなる。宇無加布留は薬だ。我ら表御番医師の耳に入らぬはずはない」

「……………」

山本屋が身を硬くした。

「つまり、宇無加布留は今要るものではない。でありながら、そこまで希求する。妙だとは思わぬか」

良衛は問いかけた。

「妙だとは思っておりまする。ではございますが、それを訊《き》かねばならぬわけではございませぬ。商売はお客さまの事情に踏みこまぬもの」

苦い顔をしながら、山本屋が述べた。

「たしかにそうだな。だが、それはおぬしの理由だ。吾にはかかわりない」

冷たく良衛は拒んだ。

「どうしても……」

「お断りする」

もう一度良衛は首を振った。

「……わかりましてございまする。では、おじゃまをいたしました」

悄然《しょうぜん》として山本屋が出て行った。

「…………」

しばらく一人でいた良衛は、手をたたいた。

「お呼びで」

三造が顔を出した。

「手紙を一本書かねばならなくなった。急を要する患者はいるか」

「大事ないかと」

「そうか。では、少しの間待ってもらってくれ。あと、書いた手紙を急ぎ、京へ送ってくれ」

「わかりましてございまする」

首肯して三造が待合室へ説明に向かった。

「……ご無沙汰《ぶさた》致しております。先生にはますますご活躍のことと存じあげまする。……わたくしの名前を使って、先生所蔵の宇無加布留を無心する者が参るやも知れませぬが、いっさいかかわりございませせぬゆえ、ご放念くださいませ」

念のため、良衛は、名古屋玄医へ報《しら》せておくことにした。

四

山本屋とのやりとりが重いものを良衛に残していた。

「手伝ってやるべきだったのか」

あの場ではきっぱり拒否しておきながら、店がつぶれると言った山本屋の悲壮な表情を良衛は忘れられなかった。

「どうかしたのかの」

あからさまに気持ちの乗っていない良衛に、佐川逸斎が気づいた。

「……佐川どの。山本屋はあれから参りましたか」

思いきって良衛は訊いてみた。

「いいや。一度も顔を出さぬぞ。もともとそれほど深いつきあいをしていたわけではないからの」

佐川逸斎が述べた。

「宇無加布留の件はどうなりましたでしょう」

「さての」

わからないと佐川逸斎が首をひねった。

「今、宇無加布留と言われたか」

少し離れたところで書見をしていた本道医が話に入ってきた。

「いかにも」

良衛が否定する前に、佐川逸斎が認めてしまった。

「宇無加布留がござるのか。ならば、一匁（約三・七五グラム）でよいので、分けていただけぬかの」

本道医が近づいてきた。

「なに、宇無加布留だと」

「まことか」

たちまち医師溜《だまり》が騒然となった。

「お分けいただきたい」

「こちらにも願おう」

表御番医師たちが群がった。

「お、お待ちあれ。我らは所持しておりませぬ」

騒動に焦った佐川逸斎が大声を出した。

「持っていない……」

「どういうことでござるのか」

今度は詰問が来た。

「訊きたいのはこちらでござる」

良衛は迫ってきた医師たちをにらんだ。

「なぜ、それほど宇無加布留が要りようなのでございまするか」

「それは……」

「な、なかなか手に入らぬというではないか。では、あるときに欲しても当然であろう」

医師たちが目をそらした。

「売るつもりでござるな」

良衛は事情を飲みこんだ。

「…………」

一同が沈黙した。

「出入りの薬問屋にでも頼まれましたか」

「いや、まあ、のう」

「でござるな」

わけのわからない応答を医師たちがした。

「それほどまでに、求められているとは」

山本屋だけでないと、あらためて良衛は知らされた。

「どこから依頼がございました」

「それは……」

「なんというか」

良衛の問いに、皆顔を見合わせて口ごもった。

「よろしゅうございましょうか」

気まずい雰囲気に支配された医師溜に、お城坊主が顔を出した。

「なんじゃ」

「どうかしたか」

「急患かの」

集まっていた医師たちが、これ幸いと散っていった。

「大目付松平対馬守さまが、矢切さまを呼べと」

「……までござるか」

良衛は嫌な顔をしてしまった。

「腰が痛いそうでございまする。大目付の控えでお待ちでございまする」

伝えるだけ伝えたお城坊主が去っていった。

「急がれよ」

佐川逸斎が、促した。

「宇無加布留のこと、少し訊いておきますゆえな」

小声で佐川逸斎が告げた。

「お願いいたしまする」

頼んで良衛は、松平対馬守のもとへ向かった。

「来たか」

大目付控えには、松平対馬守だけがいた。

「御用は」

仮病だとわかっている。良衛は腰の様子を尋ねもしなかった。

「台所役人を調べよ」

「無理でございまする」

あっさりと良衛は断った。

「わたくしは医師でございまする。探索方ではございませぬ。その権もなければ、手法も持っておりませぬ」

正論で良衛は拒んだ。

「いいや、医師には台所を監察する権がある。食事は人の身体を維持する大切なものだ。その食事を作るところを見聞するのは当然のことであろう」

「お話はわかりまする」

医の根本は滋養にある。良衛は理解を示した。

「ですが、御広敷台所は、上様、御台さま、姫さまのお食事を担当する場所。表御番医師ではなく、奥医師でなければなりますまい」

表御番医師は、役人の救急を任とし、奥医師は将軍とその家族の健康を管理する。役割がまったく違った。良衛が御広敷台所を見るのは、いわば越権行為であった。

「そこは、こちらでどうにでもしてやる」

越権行為はかならず、良衛の足を引っ張る。松平対馬守は、それへの対策は採ると言った。

「それとも、今大路兵部大輔にさせるか」

今大路兵部大輔は、典薬頭《てんやくのかみ》であり、幕府医官を統率する。

「兵部大輔が見てなにもなく、後日毒が出たならば……今大路は取りつぶしだな。上様に毒という密事は話せないのだ。どうしても検分に力は入らぬ。おざなりになる。それで見過ごせば……」

岳父を道具にしてまで、松平対馬守が良衛を強迫した。

「…………」

「おぬしならば、真剣に見るだろう」

黙った良衛へ、松平対馬守が告げた。

「岳父と一族すべてが切腹、女どもは流罪。そして係累であるおぬしは遠島だな」

冷たく松平対馬守が述べた。

「……わかりましてございまする」

良衛が折れた。

「けっこうだ。では、話をしておかねばならぬ」

松平対馬守がうなずき、台所役人についての説明をした。

「食材を毎日横領している……」

良衛は驚いた。

「捨てるよりはましだしの。なにより、台所役人の禄《ろく》は少ない」

戦うことが武家の意義である。医師を含め、台所役人など、戦闘に加わらない者の扱いは悪い。

「金がなければ、ろくなことをせぬ」

「わかっていて、見逃していると」

余得を暗黙に認めているという松平対馬守に、良衛はあきれた。

「それも政だ。とはいえ、正式には法に反している。そこをつけば、台所役人どもも、否やは言えまい」

「脅せと……」

嫌な顔を良衛はした。

「また人が死ぬよりはましであろう。第二の真田を作りたいか。いや、それが上様かも知れぬのだぞ」

「……承知いたしました」

そう言われれば、良衛に反する言葉はなかった。

良衛は、しぶしぶ引き受けた。

第四章　役人の処世

一

大目付松平対馬守から台所役人を調べるように命じられた良衛は、最初の手立てとして、医師の職務を利用した。

「季節柄、食中《あた》りが出やすい時期でござる。台所を拝見いたしたい」

まず良衛は御広敷を担当する番頭へ話を持っていった。

「上様のお食事を作る御広敷台所でそのようなことは決してない」

良衛の求めを御広敷番頭は当初拒んだ。

御広敷番頭は、留守居支配、持ち高務めで、役料二百俵を支給された。定員は十人で、二人ずつ一日一夜の出務をした。

「ではございましょう。きっと御広敷台所に不備などございますまい」

良衛は首肯した。

「しかしながら、御広敷に入ってきた食材まで完璧《かんぺき》でございましょうか」

「言うまでもあるまい」

強く御広敷番頭が胸を張った。

「御広敷膳《ぜん》所台所頭どのをお招きいただきたい。直接お伺いいたしたく」

「よろしかろう」

良衛の求めに応じ、御広敷番頭が御広敷膳所台所頭を呼んだ。

「なにか御用でございましょうや」

すぐに中年の御広敷膳所台所頭が顔を出した。

「お医師どのが用だそうだ」

そう言うと御広敷番頭は、かかわりはすんだとばかりに横を向いた。

「表御番医師矢切良衛でござる。お忙しいところを申しわけござらぬ」

身分からいけば、良衛が格上になるが、御用中に呼び立てたのはたしかなのだ。良衛は軽く詫《わ》びた。

「御広敷膳所台所頭を拝命いたしております る。羽生東作《はにゅうとうさく》でござる」

将軍の膳を作るという重要な役目とは裏腹に、御広敷膳所台所頭は御家人でしかない。羽生は、ていねいに名乗った。

「……というのでござるが、お認めいただけまいか」

「それは聞き捨てなりませぬ」

台所を調べさせろと言った良衛に、羽生が顔色を変えた。

「上様の御膳《ごぜん》を整える御広敷台所に、食中《あた》りを起こすようなものはございませぬ。なにより、我らが見逃しはいたしませぬ」

羽生が強く首を振った。

「納品された食材すべてについて、瑕疵《かし》はないと言われるのだな」

「無論でござる」

念を押す良衛に、羽生がはっきりうなずいた。

「では、砂糖の納入量と消費量について、ご説明いただきたい」

「…………」

良衛の問いに、羽生が息をのんだ。

「砂糖でございまするか……」

「さよう。砂糖だけでけっこうでござる」

羽生の目が泳いだ。

「…………」

「どうしたのだ」

黙った羽生に、異常を感じた御広敷番頭が尋ねた。

「砂糖は、甘みだけではござらぬ。滋養強壮の妙薬であり、身体を補する効果が大きい。漢方薬でござってな。我ら医師にとって、切らすことのできないもの。当然、出入りの薬種問屋から買い付けておりまするが……」

「それがどうかしたのかの」

御広敷番頭が首をかしげた。

「砂糖には二種類ございましてな。一つは和蘭陀から渡ってくる白砂糖、もう一つが薩摩から江戸へ運ばれてくる黒砂糖でござる。このうち白砂糖は高貴すぎて、なかなか取り扱えませぬので、どうしても我らのなじみとなるのは薩摩の黒砂糖となります る」

良衛は説明を始めた。

「しかしながら、薩摩の黒砂糖は大量に流通しているわけではなく、なかなかに手に入りませぬ。それが、昨今、容易に買えるようになりました」

「ほう。めでたいことではないか」

御広敷番頭が声をあげた。

「はい。とはいえ、出所の怪しいものを遣うわけには参りませぬ。薬として人の身体に入るわけでございますから」

「当然であるな」

聞いた御広敷番頭が同意した。

「買うときに出所を確認いたしましたところ……」

「お待ちを」

汗を掻《か》いた羽生が割って入った。

「どうぞ、台所へご案内いたしまする」

羽生が立ち上がった。

「さようでござるか。番頭どの、お話途中ながら、ごめん」

「御用でござろう。お気になさるな」

話を途中で終える良衛を、御広敷番頭は引き留めようとしなかった。

「……ご存じでござったか」

御広敷番頭の腹芸に、良衛は遠回しに脅す策を取った己の浅さを知らされた。

「こちらでござる」

羽生が良衛を案内した。

御広敷台所は、御広敷玄関をあがった突き当たりの左にある。膳や器などをそろえる表御膳所とお料理場からなり、表御膳所は板の間、料理場は土間と分かれていた。場所が分かれるように、台所の役目も大きく二つに分かれていた。

旗本役である御賄頭以下、御膳所に詰める役人は食事の下準備を担った。膳、器、箸《はし》などの食器類から料理人が使う包丁などの道具類、食材などを手配するのが、御膳所の役目であった。それを台所方が調理する。こうして、二重に目をとおすことで、変なものが将軍の食事の材料として使用されないようにしていた。

「羽生、どうした」

二人に気づいた賄頭が訊《き》いてきた。

「表御番医師どのが、台所を見たいと」

「……表御番医師が……」

賄頭がうさんくさそうな表情を浮かべた。

「調理の状況を確認いたしたいだけでございまする。貴殿のお役目には決して触れませぬゆえ」

良衛は最初に断りを入れた。

「……賄頭さま」

羽生が目で合図をした。

「……ならばよいが、かかわりのない者が長居してよい場所ではない。早々に用件を終え、去るようにいたせ」

賄頭が、引いた。

「承知いたしておりまする」

一礼した良衛は、そのまま料理場へと進んだ。

「あっ。しばし、お待ちを」

「お声をお出しになるな」

羽生の制止に良衛は、睨《にら》みをきかせた。

「…………」

あきらめた顔で羽生が下がった。

一段高くなっている表御膳所から、良衛は料理場を見渡した。

料理場は、一人ずつ作業しやすいように分けられていた。魚を切ったり、野菜を洗ったりするための洗い場、煮炊きする竈《かまど》がいくつも並んでいた。竈のそばには薪、洗い場の付近には野菜が、無造作に積み上げられていた。

将軍と御台所の三食を担うだけでなく、姫にお出しする菓子も調理場で作る。調理場は朝から夜まで、休まず稼働した。

「ご同輩、しばらくお待ちあれ」

大きな檜《ひのき》の洗い場で作業していた台所役人に、隣の同僚が声をかけた。

「何かふつごうでもござったかの」

砂糖を桶《おけ》から釜《かま》へ量り入れていた台所役人が手を止めた。

「砂のようなものが、混じったように見受けられましてござる」

同僚が告げた。

「それは一大事でござる。上様に万一があっては、大変でござる。この砂糖は破棄いたさねばなりますまい」

砂糖を取り扱っていた台所役人が釜を持ち上げ、なかに入っていた砂糖を足下の桶へと落とした。

「では、あらためて……」

台所役人が、ふたたび釜へと砂糖を移し始めた。

「足下は邪魔でござろう」

同僚が砂糖を捨てた桶を持って、料理場から出て行った。

「………」

それを見ている良衛の隣で羽生が、脂汗を流していた。

「羽生どのよ」

「は、はい」

目の前で不正を見られたのである。羽生が震えたのも無理はなかった。

「ずいぶんと暗《くろ》うござるな」

良衛は砂糖のことには触れなかった。

「明かり取りの窓は、あそこだけでござるのか」

出入り口に近い無双窓を良衛は指した。

「さようでございまする。窓が多くては、砂埃《すなぼこり》や小虫などが入りやすくなりまするゆえ」

質問の内容にほっとした羽生が答えた。

「その分も考え、蠟燭《ろうそく》を多めに用意しておりまする」

羽生が調理場のあちこちを指し示した。

「なるほど」

調理場には、日の光を欺くほど大量の蠟燭が置かれていた。

「暑いのはそのせいか」

良衛は禿頭《とくとう》に汗がわき出るのを感じた。

「これでは、魚が傷む……」

暑ければ暑いほど、ものの腐敗は進む。良衛はおもわず漏らした。

「大事ございませぬ。上様の御膳《ごぜん》に供しまする魚は、朝、魚河岸《うおがし》から届いたばかりのものしか用いませぬ」

独り言をしっかり聞き取っていた羽生が告げた。

「昼や夜はどうする」

将軍の食事に使われる魚で、生が出されるのは朝餉《あさげ》だけであった。将軍の朝餉には、かならず鮃《ひらめ》か鯛《たい》の刺身がついた。もちろん、将軍や御台所の希望があれば、刺身を昼でも夕でも出さなければならない。だが、魚河岸といえども、夕刻に新鮮な魚はなかった。朝、献上されたものを使用することになる。

「朝のうちに、煎《い》り酒へ漬けておきまする」

羽生が答えた。

煎り酒とは、酒を煮沸して、酒精を飛ばしたものだ。そこへ漬けておけば、半日やそこらは十分持つ。

「聞いておるか、小納戸が上様のお毒味をしたあと、倒れたことを」

「……伺っておりまする。しかし、あれは本人の病であったはずでございまする」

問われた羽生が否定した。

「…………」

死した本人は葬られ、当日の食材はとっくに破棄されている。証拠はなにもない。

良衛はそれ以上追及できなかった。

「次があれば、ただではすみませぬぞ」

「……わかっておりまする」

「どう対処されたのかお聞かせ願いたい」

小さくうなずいた羽生に、良衛は問うた。

「調理は二人一組でおこない、できあがったところで、相互に味見をし、なにごともないことを確認いたしまする」

互いを監視すると、羽生が言った。

「念のために訊きまする。怪しげなまねをする者はおりませぬな」

「台所では、決してございませぬ」

羽生がはっきりと断じた。

「ご油断なきように」

良衛は念を押した。

目付ではないのだ。良衛に台所役人一人一人を取り調べる権はなかった。良衛は、綱吉の食事に毒物を盛られないように対策を促すのが精一杯であった。

「これ以上のことはできませぬぞ」

御広敷から戻りながら、良衛はつぶやいた。

日の光を反射した白刃が、良衛の左肩に落ちてきた。

「……くっ」

まったくの不意打ちを良衛はかろうじて避《よ》けた。

「ちっ。逃がしたか」

片手で太刀を使った浪人者が、舌打ちをした。

「まあ、いい。死んでおけ」

立て続けに浪人者が、良衛へ斬りかかった。

「な、なにを」

いつものように下城して、頼まれていた往診に出たところを襲われた良衛は、衝撃から立ち直れず、逃げるのが精一杯であった。

「坊主の割に往生際の悪いやつだ」

浪人者があきれた。

「面倒だ」

大きく振りかぶった浪人者が、渾身《こんしん》の力をこめて太刀を落とした。

「…………」

声を出す余裕もなく、良衛は転がってかわした。

「おっと」

力を入れすぎて地を打つかと思われた浪人者の太刀が、寸前で止められた。これだけをみても、浪人者がかなりの腕だと知れた。

「……な、何者か。愚昧《ぐまい》を表御番医師と知っての狼藉《ろうぜき》か」

大きく間を空けて良衛が詰問した。

「人並外れた体軀《たいく》に禿頭、その辺のやつらとまちがうはずないだろうが」

無理に力を入れすぎたのか、太刀の柄《つか》から右手を離し、小さく動かしながら浪人者が言った。

「……頼まれたのだな」

「当たり前だ。それとも、恨まれる覚えでもあるのか、藪《やぶ》医者。さじ加減で人でも殺したか」

軽口をたたきながら、浪人者が間合いを詰めてきた。

「…………」

良衛は脇差《わきざし》を抜いた。

旗本とはいえ、表御番医師である。両刀を差していることはまずなかった。

「やめとけ、素人が刃物を抜いていいことなぞない。下手すれば、己を傷つけるぞ」

浪人者が無駄な抵抗をするなと述べた。

「だまって斬られてやる義理はない」

「痛い思いをしないように一刀で殺してやろうという、この心がわからねえか」

大きく浪人者が嘆息した。

「だいたい、太刀と脇差では、刃渡りが違う。脇差は短い。わかるか。太刀と脇差を同時に振ったとして、太刀は届いても、脇差は足りない」

浪人者が、二間半（四・七メートル）ほど離れたところで、足を止めた。

「つまりだ、吾《われ》が勝って、おぬしは死ぬと……」

話しながら、いきなり襲いかかってきた。

「……やられるか」

今度は油断していなかった良衛は、脇差で一撃を受け流した。

「……ほう」

浪人者が意外そうな顔をした。

「脇差で、吾の太刀をさばくとは、思ったよりやるな」

「ぬん」

刃渡りの短い脇差は、取り回しがきく。良衛は素早く手首を返して、突きに転じた。

「……これは、あやまったな。五両では割が悪い。といっても、今更《いまさら》だがな」

あっさりと首を振って、良衛の切っ先に空を切らせた浪人者が独り言《ご》ちた。

「何者だ」

はずされた脇差を手元に引き戻しながら、良衛はもう一度誰何《すいか》した。

「死に行く者に要るのは、戒名だけ。諡一剣《おくりないつけん》と覚えていただこう」

浪人者が名乗った。

「ふざけたまねを」

あからさまな偽名に、良衛は憤った。

「十年以上、この名乗りでな。もう、昔の名前など忘れた」

口の端をゆがめながら、謚が太刀を薙《な》いだ。

「……おう」

良衛は煽《あお》られた木の葉のように、後ろへ飛んだ。

「逃がすかよ」

謚が追ってきた。

「……はっ」

良衛は右手を懐に入れ、絶えず身につけている外科用尖刀《せんとう》を投げつけた。

「こいつっ」

あわてて太刀で謚が弾《はじ》いた。

外科用の尖刀は、金属で作った一寸五分ほどの片刃に竹の柄をつけたもので、腫《は》れを切ったり膿《うみ》を出したりするのに使う。先が重いので、手裏剣としても十分通用した。尖刀への対応で、謚の切っ先がずれたのを、良衛は見逃さなかった。

「おうやあ」

良衛は地に足がついた反動を利用して、前へ踏みこんだ。

「……ちいい」

諡の対応が遅れた。

良衛の脇差が、諡の左肘《ひだりひじ》をかすった。

「痛《い》てえ」

諡が下がりながら、苦鳴を発した。

「傷を受けたのは何年ぶりかな。よかったな。これでおまえのことを覚えていてやれる」

太刀を構えたまま、諡が真剣な顔をした。

「何人殺してきた」

「覚えてはいねえな。いや、最初の一人だけだ。あとは、慣れた」

「慣れただと……」

他人の命を奪う。それはその人が生きてきた証《あかし》、生きていく希望をすべて潰《つぶ》す行為である。平然としている諡に、良衛は憤った。

「……慣れねば、潰れるのはこちらだ」

諡の雰囲気が一変した。

「表御番医師でございと、禄《ろく》をもらってぬくぬく生きている輩《やから》にはわかるまい。米櫃《こめびつ》の底が見える恐怖など」

感情のない声で謐が続けた。

「生きて行くためには、他人の命といえども喰らう。当然のことだ」

「な、なにを……」

良衛は絶句した。

「肯定するしかなかろう。己を否定することになるからな」

謐が良衛を見つめた。

「……ううむう」

良衛は反論できなかった。

己のために他者の命を奪う。それこそ武士であった。戦場でよりよき敵を討ち、主君より報償を得ることで生きてきた。矢切家もそうであった。先祖が足軽とはいいながら、徳川家康についていたおかげで、天下の御家人として百五十俵を与えられた。この百五十俵で、矢切の血筋は、飢えず、寒さに震えず、雨に濡《ぬ》れずして、代を重ねてきた。

生きるために他人を殺す。

武士であるかぎり、決して否定できるものではなかった。

「さて、生きねばならぬからの。ここで馬鹿をして死ぬようなことになれば、今まで吾の糧となった連中が、浮かばれぬでな」

すっと謐が太刀を鞘《さや》へ戻した。

「近いうちに、また会おうぞ」

言い残して謐が、背を向け、悠々と去っていった。

「……なんなのだ」

気を抜かれた良衛は、その後を追うこともできなかった。

「命じられて二日、調べに入って一日で、刺客が送られた。相手は、相当に大きいな」

台所へ良衛が入った。その反応が、謐という刺客の登場であった。

「早すぎる。あれだけの刺客を、右から左で動かせる……」

良衛は屋敷へ帰路をとりながら考えた。

「……訊《き》くしかないな」

屋敷の前をすぎて、良衛は浅草へと向かった。

「ごめん、駿河屋さんは、ご在宅かの」

良衛は浅草寺《せんそうじ》門前町の目立たない商家の戸障子を開けた。

「どなたさんで……これは良衛先生」

土間で煙管《キセル》を吹かしていた老爺《ろうや》が気づいた。

「どうかの、膝《ひざ》は」

まず良衛は駿河屋の最近の状況を問うた。

「おかげさまで、観音さまへお参りができるようになりました」

駿河屋が一礼した。

「そうか。それはよいが、決して無理はしてはいけませぬぞ。調子がよいからと、長時間歩いたり、立ち続けたりはなさらぬように。とくに冷やすのが悪い」

「気をつけまする。この歳まで生きてきたのでございまする。もう少し世間を楽しみたいと思いますゆえ」

良衛の注意を駿河屋はすなおに聞いた。

「さて、本日はどうなさいましたので」

駿河屋が愛想笑いを消した。

「…………」

老爺の身体からにじみ出る圧力に、良衛は押された。

「……駿河屋どのに教えていただきたいことがござる」

良衛は必死で押し返した。

「わたくしに……なんでございましょう。恩人の先生にお報いしたいとは思いまするが、できないこともございまする。最初にお断りをいたしておきましょう」

なんでもしゃべるわけではないと、駿河屋が釘《くぎ》を刺した。

「謚一剣という浪人者をご存じであろうか」

「……その名前をどこで……いや、先生、いつ襲われました」

駿河屋が少しだけ目を大きくした。

「今しがた」

「よくぞ、まあ、ご無事で」

駿河屋が感心した。

「あれは何者でございましょう」

「出は、武蔵《むさし》だとか。父親の代からの浪人で、江戸へは仕官を求めて来たと聞きました。もっとも、あの手の者が口にする過去は、信用できませぬが」

ふたたび問うた良衛へ、駿河屋が答えた。

「刺客でございますか」

「だけではございませぬ。というより、普段は用心棒をしておりまする。といったところで、表通りの商店などではなく、賭場《とば》や後ろ暗い金の守でございますが」

「もしあの男を刺客として雇うとして、すぐに手配できましょうか」

「すぐとは、どのていどで」

「昼前で夕方とか」

「……無理でございましょう。あの手の輩は、決まった時刻に決めたところに顔を出すだけで、居所をあかしませぬ。寝床を知られればいつ己が襲われるかわからない生活をしておりますので」

　駿河屋が否定した。

「もしできるとしたら……」

「よほどのつながりがあるとしか申せませぬ」

「駿河屋さんなら……」

「無理でございまする。十年前までなれば、なんとかしようもございましたが。隠居した今では」

　大きく駿河屋が首を横に振った。

「十年前ならとはどういうことでございましょう」

　少しの手がかりでもと、良衛は食いついた。

「ああ。人が集められましたから。さすがに謚ほど名の知れた男ならば、どのあたりに住んでいるかは調べてありますので、あとは人手を使って虱潰《しらみつぶ》しにしていけば……」

　人海戦術だと駿河屋が言った。

「そのようなこと……」

「よほどでないといたしませんよ。目立ってしかたありませんのでね。それこそ、刺客を雇うのに目立つなど、相手に襲うと教えているようなもので」

良衛に向かって駿河屋がうなずいた。

「先生、なにか謚を使われるようなことでも」

今度は駿河屋が問うた。

「誰ぞの女に手でも出した、あるいは賭場を荒らした……」

「そのようなまねなどいたしませぬ」

あわてて良衛は手を振った。

「それはまずい。そのくらいならば、わたくしが間に入れば、どうにかできましょうが、でないとなれば……」

駿河屋が難しい顔をした。

「謚の居場所をご存じでは」

「申しわけございません」

「いや、無理を申し上げた」

頭を下げる駿河屋に、良衛は詫《わ》びた。

「おじゃまをいたしました。膝の具合を少し診せていただきましょう」

頭を下げて、良衛は駿河屋の膝に触れた。

「ここは……」

「痛みませぬ」

「こうすれば……」

「奥のほうが、少し突っ張るような感じがいたしまする」

わずかに駿河屋が顔をしかめた。

「筋の硬くなっているところがございますな。少し伸ばしておきましょう。ゆっくり力をかけますゆえ、痛くなれば、決して我慢せず、教えてください」

良衛は駿河屋の腿《もも》を押さえながら、膝を曲げ伸ばしさせた。

「……ううう」

駿河屋が小さくうめいた。

「……これでよろしいでしょう。今夜はあまり動かれず、膝に布を巻いておかれるよう」

「ありがとうございまする」

施術の終わりを告げた良衛に、駿河屋が礼を言った。

「明日《あした》にでも湿布を取りに人を寄こしてください。では」

良衛は、そう告げて駿河屋を出た。

「刺客の居場所を知る者がいる。それも台所役人に近いところに」

駿河屋で得られたのは、それだけであった。

「…………」

良衛は、背筋を冷たい風でなでられた気がした。

二

諡一剣は、飯田橋《いいだばし》の台所役人の組長屋にいた。

「失敗しただと」

「詫びぬぞ。兄じゃ。あれは医師ではない。一流とまではいかぬが、そこらの道場で十分師範代が務まるだけの腕だ」

怒る兄に、諡が反論した。

「それでもそなたならば、どうにかできたはずだ」

「簡単に言ってくれるな。腕の立つ相手と知っていればしくじらなかった。調べるときを教えておいてくれれば……」

言いつのる兄に、諡が文句を返した。

「次は仕留める。が……」

じっと諡が兄を見た。

「……金か。五両やったではないか」

嫌そうな顔を兄が見せた。

「弟だからとはした金で使うなよ。あの腕の相手なら、相場は二十両だ。こちらは命をかけているのだぞ」

諡がふてくされた。

「あと五両でいいな」

「今日も砂糖で儲《もう》けたのだろう。もう少し出してもらいたいな」

けちる兄に、諡が手を出した。

「八両だ。それ以上は出せぬ」

「家を失うかの瀬戸際で、三両増やすだけかい」

諡があきれた。

「黙れ。どれほど手を尽しておまえの尻《しり》をぬぐったと思っているのだ」

兄が怒った。

「いつまでも恩に着せないでもらいたいな。そのおかげで、吾《われ》は名前を変え、こんな生業《なりわい》をしなければならなくなった。あのままにしておいてくれれば、どこぞの台所役人の家に養子にいけていた」

すっと諡の声が低くなった。

「今からでも遅くはないのだぞ。兄じゃを始末して、代わりに吾が家を継いでもな。今でも、包丁の腕ならば、負けはせぬ。いや、前以上にうまくなっているかも知れぬ。

なにせ、人を斬り慣れたからな」

「……」

殺気をぶつけてくる弟に、兄が気圧《けお》された。

「十両出せ。それでいい。あと、二度と呼び出すな」

「わ、わかった」

兄が震えながら懐から金を出した。

「ふん」

金を数えもせず仕舞った諡が立ち上がった。

「一つだけ忠告してやる。いつまでも過去に囚《とら》われていると、ろくなことはねえぞ。今の将軍は館林だ。甲府じゃない」

「だ、黙れ。放逐された身で、家のことに口出しするな」

脅えながらも、兄が言い返した。

「たしかにな。吾の言えたことではないな。さらばだ」

苦笑を浮かべた諡が、去っていった。

「ご、ご報告をしておかねばなるまい」

しばらくして、兄も屋敷を出た。

医者が刺客に襲われても患家にはまったくかかわりはない。

諡との対峙《たいじ》の翌日、眠れぬ夜を過ごした良衛は、いつものように診察に追われた。

「梅干しを止めなさい」

頭がふらつくという老職人の食生活を聞き終えた良衛は命じた。

「一日に一つくらいならば、梅干しは身体に益である。しかし、朝昼晩の三食で三つずつ、そのうえ四つ飯、八つ飯でも一つずつ口にするなど、摂《と》りすぎだ」

四つ飯、八つ飯とは、身体をよく使う職人たちが三食の合間に摂る間食であった。冷や飯の湯漬けや握り飯ていどだが、休息も兼ねたそれは、職人たちの生活にとってたいせつな習慣であった。

「女房の漬けた梅干しを喰《く》わないと、飯が終わりやせん」

老職人が反発した。

「塩気を摂りすぎてはいかんのだ。おぬし、軍記ものは好きか」

「……好きでやすが」

話の飛びように、老職人が戸惑った。

「上杉謙信《けんしん》を知っているな」

「川中島《かわなかじま》の戦いでござんしょう。武田信玄《しんげん》の本陣へ乗り入れ、一騎打ちをするところは、こう身体中が震えるほど興奮しやすね」

老職人が身を乗り出した。

「戦国一の強者《つわもの》だな」

「先生もそう思われやすか。あっしもそうじゃねえかと思っているので」

良衛の言葉に老職人が大いに同意した。

「ではなぜ、上杉謙信は天下を取れなかった」

「えっ……」

老職人が口を開けた。

「死んだからだ。上杉謙信は四十九歳で死んでいる。もし、上杉謙信が神君家康公と同じ七十余歳まで存命であったならば、御上はなかったかも知れぬ」

旗本として不敬きわまりないことを良衛は言った。

「…………」

「上杉謙信の死に様は、酒を飲んで寝た夜、小用に起きて厠《かわや》へ向かったところで、倒れ、そのまま息絶えた。心の臓はしっかり動いていたが、意識は戻らなかった。これは、頭のなかに病変がある証拠だ。大鼾《おおいびき》を掻《か》いて眠り続け、そのまま死んでしまう病で卒中という。そして卒中の原因は、酒と塩辛いものだという。上杉謙信が酒を好んだのは有名だ。そして、かの人は、酒のあてに梅干しと味噌《みそ》を好んだという」

良衛は語った。

「あっしも上杉謙信と同じになると」

「かならずとは言わぬ。医者は八卦見《はっけみ》ではない。だが、おぬしもそうなるかも知れぬ。少なくとも、愚昧《ぐまい》よりは、そうなりやすいだろうな」

「…………」

　老職人が黙りこんだ。

「酒と梅干し。どちらも適量ならば、寿命を延ばす薬となる。だが、過ぎれば毒。これは、酒と梅干しだけではない。米も麦も同じ。摂りすぎはどれでも毒になる」

「米もでございますか」

「そうだ。田舎から出てきて、米の飯を食い慣れない者がよく体調を崩すであろう。あれは白米ばかりを食べ過ぎるからだ」

　良衛は述べた。

　天下の城下町江戸は、人も寄ればものも集まる。人が増えれば、金が回り、裕福になっていくのは道理である。また、江戸は将軍のお膝元《ひざもと》であり、すべての大名が参勤交代してくる。となれば、他の大名家とのつきあいが生まれ、やがて面目を考えなければならなくなる。

　大名の格は石高で決まることが多い。となれば、米こそ裕福の象徴である。大名は他家に侮られないよう、江戸詰めの藩士、中間、小者にいたるまで、白米を食わせた。

江戸へ行けば白米が食える。国元で百姓をしても、米など滅多に口にできない。江戸で武家奉公をすれば米の飯が食える。普段はあわや稗《ひえ》などの雑穀で飢えをしのいでいる農家の次男、三男が争って江戸へ出た。白米はうまい。おかずがなくとも食えるのだ。

こうして白米で満腹になった者のなかから、体調を壊す者は続出していた。

「わかったか。酒と梅干しを減らし、数日仕事を休め」

「……へい」

力なく老職人がうなずいた。

「三造、苓桂朮甘湯《りょうけいじゅつかんとう》を処方してやれ」

投薬を良衛が指示した。

「へい」

三造が承知した。

苓桂朮甘湯は体内の水の流れを良くする朮《じゅつ》や茯苓《ぶくりょう》、動悸《どうき》を抑える桂皮《けいひ》、甘草《かんぞう》からなる。

「では、次の方」

老職人を送り出して、良衛は呼んだ。

「ごめん」

「どうなされ……きさま」

診療録へ老職人への治療内容を記していた良衛は入ってきた患者の顔を見て、驚愕《きょうがく》した。

「……諡一剣」

入ってきたのは、刺客として良衛を襲った諡であった。

「診ていただきたい。昨日、左腕に傷をしましてな」

飄々《ひょうひょう》と諡が言った。

「なにを……」

良衛は啞然《あぜん》とした。

「ここは外道の医師であろう。傷を受けたゆえ、治療してもらいに来たのだが、なにか不思議なことでもあるのか」

「よく吾《われ》の前に顔を出せたな」

平然としている諡に、良衛は怒った。

「おまえは医者だろう。医者は患者の求めに応じなければならない、そうであろう」

「どの面で患者だと」

良衛は怒りをとおりこしてあきれた。

「これを見ても患者ではないと……」

謐が袖《そで》をめくりあげた。左手の肘《ひじ》少し下に、深くはないが大きな一文字の傷が赤々とした顔を見せていた。

「自業自得だろうが」

「そうか。これが自業自得だというならば、先ほどの年寄りもそうだ。梅干しを馬鹿ほど喰った報い。当然見捨てたのだろうな」

「……一緒にするな」

良衛は詰まった。

「治療できぬというならば、拙者は表に出て、大声でしゃべるだけだ。ここの藪《やぶ》医者は、切り傷一つ治すどころか、診てもくれぬとな」

「きさま……」

いけしゃあしゃあと言う謐に、良衛は絶句した。

「患家の求めに応じない医者への対応だ。どこかまちがっているか」

「………」

良衛は嘆息した。

「左手を前に出していただこう」

あきらめて良衛は謐を診察することにした。

「鋭利な刃物で斬られたようだ。傷口はきれいだし、血の管もだいじない。これならば、熱を出さずば、十日もあれば治りましょう」

少し乱暴に、良衛は手を引っ張った。

「痛いぞ」

謐が文句を言った。

「死にはせぬ」

良衛は冷たく返した。

「……少ししみるぞ」

一応断ってから、良衛は謐の傷に水をかけて洗った。

「ひりつくていどだな」

謐は眉《まゆ》一つ動かさなかった。

「いい度胸だな」

洗い終わった傷口へ、薬を塗りながら良衛は感心した。

「うん……なにがだ」

謐が首をかしげた。

「敵に腕を預けるのは、刺客としてどうなのだ。吾《われ》がその気になれば、おぬしの命を奪うのは難しくない」

「ふん」

良衛の言葉を諡が鼻で笑った。

「これでもか……」

いつのまにか、諡が右腕に小刀を握りこんでいた。

「……お見それした」

まったく気づかなかったことに、良衛は感心した。

「だが、甘いな」

良衛も笑った。

「なにがだ」

諡が怪訝《けげん》な顔をした。

「今、おぬしの傷口へ塗りこんだのが、毒だとすればどうする」

「………」

一瞬、諡の表情が険しくなった。

「だとしたら、己の不明を恥じて死ぬだけだ」

「不明……」

諡の反応に良衛は戸惑った。

「医者を見る目がなかった。そう、藪に命を預けたとな」

「藪……」

「ふはははっは」

呆然《ぼうぜん》とした良衛を見て、謐が声をあげて笑った。

「今日は吾の勝ちだな」

ふくれ面で包帯を巻く良衛へ、謐が胸を張った。

「……誰に頼まれたかは問わぬ。訊《き》いても言わぬだろうからな」

「当たり前だ。刺客が依頼主のことを軽々にしゃべるわけはない。そういう連中は、すぐに消える。生き残っている、それだけで、腕のほどが知れるのが、刺客というものだ」

謐が淡々と告げた。

「治療費は要らぬ。代わりに一つだけ教えてくれないか」

良衛は己の手を洗いながら問いかけた。

「答えられないこともあるぞ」

「わかっている。少し耳に挟んだのだが、刺客というのは連絡を取るにもかなり難しいとか」

「その日に襲われたのが不審だと」

すぐに謐が意図に気づいた。

「……………」

無言で良衛が首肯した。

「……少し払いすぎになるかも知れぬが……まあ、いい」

一瞬だけ、諡が思案した。

「吾の父は、台所役人の一人だった」

「……なっ」

良衛は絶句した。

「旗本だと……武蔵の浪人ではなかったのか」

大きく目をむいて、良衛は諡を見た。

「ほう。よく調べたな。あいにく、それは偽りだ」

諡が苦笑した。

「さて、治療かたじけなかった」

これ以上話す気はないと諡が立ちあがって診療室を出て行った。

「…………」

良衛はしばらく動けなかった。

「次の方をお連れしてよろしゅうございますか」

しばらくして三造が声をかけた。

「……あ、ああ」

あわてて良衛は頭を切り換えた。医者も人なのだ。機嫌のよい日もあれば、悪い日もある。体調にしても同じである。だが、それは患者にとって関係なかった。診療を待つ患者が終わるまで、良衛は謚のことを考えるのを止めた。

三

本来駕籠《かご》かきと薬箱持ちを連れて行くのが医者の往診であった。施術という仏教の教えに従い、治療が無料である医者は、生活のため、いろいろな名目を考え出していた。

往診の駕籠もそうであった。駕籠を使うことで、その費用を患家に請求するのだ。もちろん、己の取り分をのせてである。

旗本である良衛は、幕府からもらっている禄《ろく》で、生活できる。あまり強欲にならなくてもいい。なにより、儲《もう》けすぎると目をつけられた。

幕府も微禄《びろく》の旗本や御家人が、本禄だけで生活できないとわかっている。本業をおろそかにしない範囲であれば、内職も認めていた。

といったところで、あくまでも副業である。分不相応の収入を得るとなれば話は変わる。務めをおろそかにしたと罰を与えることもある。なにより、儲けすぎて派手な生活をすれば、周囲からやっかみを買う。他人の嫉妬《しっと》ほどややこしいものはなかった。陰口を言われるだけの段階をこえて、収入が増えすぎるのは、足を引っ張られる原因となりかねなかった。

医者としての押し出しが要るとき以外、良衛は基本一人で往診に出た。

「お大事になされよ」

予定していた三軒を回った良衛は、待たされるのを覚悟で、松平対馬守の屋敷を訪れた。

「まだお城でござろうな」

顔なじみとなった門番に、良衛は松平対馬守の在宅を問うた。

「いえ。すでにお戻りでございまする」

「えっ」

予想外の答えに、良衛は呆《ほう》けた。

「矢切さまがお見えになるだろうと言われ、昨日より昼過ぎには下がっておりまする」

門番が述べた。

「……それは――」

良衛は松平対馬守の読みに驚いた。

「どうぞ。お見えになったならば、ただちにお通ししろと指示を受けておりまする」

門番が許した。

「まじめよな」

待つほどもなく、松平対馬守が出てきた。

「命をねらわれたのであろう。すぐに助けてくれと駆けてくると思ったぞ。それを診療と往診をすませてからとは、医者とは肝の太いものよ」

松平対馬守があきれていた。

「……後をつけておられた……」

「当たり前であろう。そなたに探索を任せたのだ。敵の目がつくことくらい予想している」

「わたくしを餌に……」

しゃあしゃあと告げる松平対馬守を、良衛はにらんだ。

「生きていた。それでよかろう。話せ」

前置きを松平対馬守は終わらせた。

「……台所に不審は見つけられませんでしたが……」

ふてくされた声で、良衛は語った。

「ふむ。台所役人の出か」

松平対馬守が腕を組んだ。

「お調べいただけましょうや」

右筆のもとには、幕臣すべての記録があった。誰の家には、いつ生まれた男子がいると嫡子以外も記載されていた。

「無駄だな」

良衛の期待を松平対馬守が潰《つぶ》した。

「母親の身分が低いなど、生まれた子供を届け出ない理由はいくつでもある。ましてや、諡などと粋がった名前で刺客をするような者だ。親もとうから危ないと感じて、籍から抜いているはずだ」

「……たしかに」

良衛は同意するしかなかった。

「それに台所役人は百人をこえる。当主に男兄弟がいる家など何十とあろう」

跡継ぎがいないと家が潰れるのだ。嫡男に万一のことがあるを考えて、次男、三男を設けるのは当然である。

「…………」

反論できず、良衛は沈黙した。

「それにしても……上様のお食事を作る台所役人が、裏切っているとはな」

わかっていたとはいえ、衝撃であった。松平対馬守が苦い顔をした。

「台所役人を入れ替えるしかないか」

松平対馬守が独り言《ご》ちた。

「無理だと仰せられたのでは」

同じ案を良衛が出したとき、松平対馬守は一言で切って捨てていた。

「状況が変わったのだ」

あっさりと松平対馬守が述べた。

「調べに入るなり、そなたが襲われた。これがどういうことかわかっておるかの」

「いえ」

良衛は首を振った。

「そなたていどならば、いたしかたあるまいが……少しは考えろ」

哀れむような目で松平対馬守が良衛を見た。

「考えろと言われるか」

「そうだ。頭を使わねば、いつまでも走狗《そうく》のままだぞ」

「走狗……」

言われて良衛は息をのんだ。

「いつでも切り捨てられるのが、走狗である。もっとも、政には走狗も要る。台所役人が刺客を用いたように、矢面に立つ者がな」

冷徹な表情で、松平対馬守が述べた。

「いいか。探索に入った当日、刺客が来た。そして、そなたが真田のことを話したのは、御広敷膳《ぜん》所台所頭ただ一人。その膳所台所頭が敵でないとしてだ、これだけ早く対処できる者は、調理場の小者ではありえぬ。そなたが来た意図を御広敷膳所台所頭から聞ける身分でなければならぬ」

「はい」

松平対馬守の説明を、良衛は聞いた。

「台所というのは特殊な場所だ。家柄でどうこうなるわけではない。長く勤めあげた者が累進していく」

当然の話であった。料理は慣れるほど腕が上がる。もちろん、ひっくり返しがたい天性の才というのもあるが、そうそうあるものではない。とくに、将軍の料理番など、ほとんど同じものを作り続けるだけなのだ。回数が増えれば失敗は減る。さらに、同じ食事の繰り返しならば、その日の味付けで将軍の反応がどうなるかを知りやすくなる。そう、将軍の好みの味付けを身につけやすくなるのだ。いかに天性の料理人でも、好みのわからない人相手に料理をするのは難しい。どうしても無難にならざるを得ないからである。となれば、巷《ちまた》で名の知れた料理人といえども、台所役人に割りこむことは難しい。

「……あっ」

「わかったようだな」

小さな声をあげた良衛に、松平対馬守がうなずいた。

「そうだ。長く台所にいる者が、裏切っている」

「…………」

良衛は言葉を失った。

「今の台所役人は、先代家綱さまの御代どころか、家光さまのころから務めている者がほとんどである。上様が神田《かんだ》屋敷からお連れになった者はわずかだ」

松平対馬守が続けた。

「神田館から来た者が、敵でないとの条件のもとになるが、裏切り者はずっとお城にいた」

「金で買われたと……」

「あり得ぬ話ではないな。金は剣よりも強い。今の旗本で借財をしていない者はおるまい。ただし、これは台所役人にはつうじぬ。台所役人の余得が大きいのは、前にも言ったな。金には困っていないはずだ。だが、人はわからぬ。有り余る金を持っていても、まだほしがる者はおる。台所役人が金で飼われてもおかしくはない」

「いったい誰が……」

「言わねばわからぬのか」

冷たい声を松平対馬守が出した。

「……………」

思わず良衛は黙った。

「上様を害したてまつって得をする者といえば、あのお方と名古屋、紀伊《きい》しかあるまい」

松平対馬守が口にした。

「今頃なぜ……」

「徳松《とくまつ》君が亡くなったからだ」

松平対馬守が告げた。

徳松君とは、五代将軍綱吉の長男であった。延宝七年（一六七九）に生まれ、翌年、綱吉が将軍になった後を受けて館林藩主となった。後、将軍継嗣として西の丸へ移り将軍世子となったが、風邪をこじらせ、天和三年（一六八三）、五歳で夭折《ようせつ》した。

「上様には世継ぎがおられぬ」

徳松を失った綱吉には、あとは姫が一人いるだけであった。

「今、上様が亡くなられれば、また継承の問題が起こる」

口の端を松平対馬守がゆがめた。

「継承の資格をお持ちなのが、甲府さまと御三家」

「そうだ」

松平対馬守が首を縦に振った。

「諠一剣と申したか、刺客は。なんとかして捕らえられぬか」

「無茶を言われまする。わたくしではとても及びませぬ。町奉行所、もしくは目付……

……はっ」

口にして良衛は、しまったと感じた。

「……目付だと」

松平対馬守の雰囲気がいっそう冷たいものになった。

「大目付をないがしろにし、他人のあらばかり探している目付ごときに、天下の大事を任せられるわけなどあるまいが」

低い声で松平対馬守が言った。

「町奉行もそうだ。不浄役人どもに、上様のお命にかかわることへ手出しをさせられるものか」

松平対馬守がののしった。

「……申しわけございませぬ。浅慮でございました」

良衛は詫《わ》びた。

「……わかればいい」

「はい」

背筋を良衛は伸ばした。

「ですが、大目付さま。わたくしだけでは致しかねまする」

このままでは、すべて押しつけられる。良衛は抵抗した。

「…………」

松平対馬守が黙った。

「対馬守さま」

返答を良衛はせかした。

「毒に詳しく、剣が遣える。そんなもの、そなたしかおらぬ」

「いいえ。毒にかんしては、わたくしより、義父が詳しいはずでございまする」

良衛は否定した。良衛の妻弥須子の父今大路兵部大輔は幕府から南の薬草園を預かっている。薬草園は、その名のとおり、各種の薬草を栽培しているところであった。我が国に自生するものだけでなく、唐や天竺《てんじく》のものもある。

「今大路兵部大輔どのでは、危急に対応できまい」

「護衛をつければ。義父ならば、護衛の侍を連れていても不思議ではございませぬ」

幕府典薬頭《てんやくのかみ》として、医師の頂点に立つ今大路兵部大輔は、千二百石を食《は》む旗本でもあった。千二百石となれば、出歩くに駕籠《かご》を用い、警固の侍を数人連れていて、当たり前であった。いや、供させていなければ、外出できなかった。

「目立つだけだろうが」

松平対馬守があきれた。

駕籠に警固の侍を連れて移動する。身分ある人物と教えているも同然。どう考えてもものごとを密《ひそ》かに片づけるのに向いていない。

「では、わたくしに警固を」

良衛は願った。

「……ふむ」

少しだけ松平対馬守が悩んだ。

「駄目だな。普段一人で動いているそなたに、いきなり警固がつく。違和が出る。離れたところから見張るのが精一杯よ」

「…………」

拒絶されて良衛は落ちこんだ。

「……そう重い顔をするな。儂《わし》がそなたをいじめているようにしか見えぬではないか」

松平対馬守が嘆息した。

「謚一剣のことを町奉行に話しておこう。北町奉行とは知らぬ仲ではない。ご城下に、刺客を生業《なりわい》とする者がいると伝えておくゆえ、謐の居場所を調べて、北町奉行に通報致せ」

「それだけでございましょうか」

援護というには薄すぎると良衛は不足を言い立てた。

「他にどうしようがある。上様の命を台所役人がねらっていると触れて回るか。台所役人にさえ、忠義を捧《ささ》げられておられぬお方との悪評を上様におつけすることになるぞ」

「そんなことは……」

「ないと言えるか」

「……いいえ」

表御番医師として、城中へあがるようになって、良衛は役人の怖さを知った。正確には、同僚の恐ろしさを知らされた。

普段は雑談に興じ、ときによっては宴席で酒を酌み交わすこともある同僚が、裏で足を引っ張っている。その場に何度も良衛は居合わせた。

医者はお城坊主と同じで、法外の官である。法外とは、規範の外にあるとの意味であり、役人たちから見れば、絶対に己たちの出世の競争相手にはならない。どころか、道がかかわることさえないのだ。つまり、どんな話を聞かれても影響がない。そのせいか、良衛が同じところにいても気にせず、同僚を蹴落《けお》とす相談をしている。

「わかっているだろうが、上様の盾であった大老堀田筑前守はいなくなり、代わりの寵臣《ちょうしん》は未《いま》だ現れていない。いわば、上様の政を守る者がいないのだ。上様は、幕府を変えようとしておられる。それを嫌った者たちが、堀田筑前守を排した」

「はい」

良衛は同意するしかなかった。なにせ、大老堀田筑前守を城中で刺し殺すという暴挙に出たのが、執政たちなのだ。執政たちは綱吉の施政を畏《おそ》れている。そう、まだ綱吉は幕政を把握していない。

政は多岐にわたる。いかに綱吉が将軍親政をおこなおうとしても、一人でできるほど、甘いものではない。執政たちに侮られるわけにはいかなかった。

「わかったならば、行け」

「……なにもなしでございますか」

良衛は腹をくくった。

「なんだと」

松平対馬守が眉《まゆ》をあげた。

「褒賞をよこせと……」

「当然でございましょう。命をかけるわけでございますので」

「上様のお命を守るのは、旗本の義務であろう」

要望に松平対馬守が建前を持ち出した。

「ご恩と奉公が武家の本性でございましょう」

正論で良衛も言い返した。

「お役目ぞ」

「違いましょう。わたくしは表御番医師でございまする。表御番医師は、江戸城の表における急病人、けが人の応急処置を任としておりまする。台所役人を調べたり、刺客を生業としている無頼の輩《やから》を捕まえるのは、担当ではございませぬ」

「むうう」

松平対馬守が詰まった。

「なにが欲しい」

「…………」

問われて良衛は困った。現状に不満はないのだ。妻や義父から、奥医師になれとせっつかれてはいるが、良衛にその気はない。禄高《ろくだか》も多ければ多いほどいいが、その分家臣を抱えなければならなくなったり、つきあいを身分にふさわしいものへと変えていかなければならなくなり、面倒が増える。

「……遊学をお許しいただきたく」

考えた末、良衛は願いを告げた。

「京か、大坂か、それとも長崎か」

「長崎へ」

確認された良衛は答えた。

長崎には、オランダ商館があった。オランダ商館には、医師が一人常駐している。外道も本道もただ一人の医師が診るとはいえ、南蛮最新の医療事情を知っている。なにかしら、得るものはあるはずであった。

「……儂の一存でなんともいえぬ」

松平対馬守が逃げた。

「相談しておくゆえ、しばし返答は待て。悪いようにはせぬ」

「……わかりましてございまする」

これ以上は松平対馬守の気分を害すると、良衛は引いた。


朝の台所は戦場であった。

「飯たきあがりましてございまする」

「ただちに櫃《ひつ》へ移せ」

「本日の白身の魚は鮃《ひらめ》が五、鯛《たい》が二十来ておりまする」

「鱚《きす》はどうだ」

御賄方へ賄組頭が指示を出す。

「鱚は二十。まちがいなく」

「色や形に問題はないな」

賄組頭が確認を命じた。賄組頭は目見え以下で三十俵高、役料百俵をもらい、料理の指揮を執った。

「大きさもそろっておりまする」

「よし、いつものように十を塩焼き、残りを付け焼きにいたせ」

「承知」

指示を受けた御賄方が、鱚の入った盥《たらい》を流しへと置いた。

御賄方は、身分は問われず、役料十俵二人扶持を与えられ、調理を担当した。

将軍の朝餉《あさげ》は、明け五つ半（午前七時ごろ）には、準備万端となっていなければならない。台所はまだ暗いうちから、活動しなければならなかった。

「御賄頭さま」

進行を見守っていた賄組頭が、一段高いところに控えていた御賄頭を見上げた。

「うむ。準備できておる」

御賄頭は、将軍の使用する膳《ぜん》、椀《わん》、箸《はし》などの諸道具を管轄する。その日使用する道具を用意するのが仕事であった。

「調役、吟味方」

「おう」

「これに」

賄組頭の呼びかけに、二人が声をあげて応《こた》えた。

「鬼をいたせ」

「ただちに」

二人が箸を持った。

鬼とは毒味のことである。幕初には鬼役と呼ばれた専門の毒味役がいたが、代を重ねていく過程で調役、吟味役と名前を変えていた。

調役が吟味役より上席とされ、毒味の他に将軍の好みを確かめる役目もおこなっていた。

「いかがか」

「異常ございませぬ」

最初に吟味役が告げた。

「どちらも鬼に問題はございませぬ。ただ、鱚の付け焼きが、いささか薄いようでござる」

調役が毒はないと述べた後、味付けに文句をつけた。

「賄方」

「ただちに……」

言われた鱚担当の賄方が、醬油《しょうゆ》に山椒《さんしょう》を漬けこんだたれを持ち出した。

「貸せ」

吟味役が賄方よりたれを取りあげた。

「………………」

息を詰めて吟味役が、たれを鱚の付け焼きにかけた。

「……よろしかろうと存じまする」

吟味方が賄組頭を見た。

「御膳《ごぜん》調いましてございまする」

賄組頭が、御広敷膳所台所頭へ報告した。

「よし。では、膳を囲炉裏の間へと運べ」

御広敷膳所台所頭が、料理の完成を宣した。

囲炉裏の間は将軍家御座の間のすぐ裏にあった。御広敷台所からは、かなり離れている。台所を出たときには、まだ湯気をあげていた食事も、着くころにはすっかり冷めてしまう。

囲炉裏の間は、運ばれた膳の温め直しをする場所でもあった。

といったところで、調理場ではない。ただの囲炉裏が一つあるだけ、さらに小納戸たちは将軍の身の回りのことをするとはいえ、料理の経験などないのだ。できるのは、吸い物を温め直すのが精一杯であった。

「温かいものを食べたことがないから、上様は猫舌である」

そういう冗談がまかりとおるほど、将軍の食生活は偏っていた。

「鬼をいたしまする」

三つ運ばれた膳のうち、一つを毒味担当の小納戸二人が食べた。先日死んだ真田真之介もこうして毒味をおこなった。

「変わりありませぬ」

すべてのものに一箸《ひとはし》ずつつけ、少し待ってから体調に異常がないことを確認した小納戸たちが報告した。

「上様のもとへ」

残った膳二つが、御座の間へと運びこまれた。

「朝餉の用意が調いましてございまする」

明け六つ（午前六時ごろ）に起こされ、洗面と髷《まげ》の手入れを終えた綱吉の前に膳が置かれた。

「ご相伴させていただきまする」

先日、召し出されたばかりの、若くて小柄な小姓が一礼して、御座の間下段中央に据えられた膳の前に座った。

「うむ」

綱吉の首が縦に振られ、小姓が食事に手を付けた。

「………………」

まず吸い物を口にして、しばらくじっとする。

「異常ございませぬ」

「上様」

小姓の毒味を見て、小姓組頭が綱吉を促した。

「………………」

綱吉は汁を飲んだ。

「鱚、異常ございませぬ」

一つ一つ毒味がすんでからでなければ、綱吉は口にできなかった。

「もうよい」

ずっと同じものなのだ。さすがに食べ飽きる。綱吉は半分と少し食べただけで、箸を置いた。

「お医師」

小姓組頭が、下段の間に控えていた奥医師へ声をかけた。

「ごめんを」

膝行《しっこう》して上段の間に近づいた奥医師が、綱吉の食べ残しを見た。

「けっこうかと」

奥医師が平伏した。

「膳を下げよ」

こうして半刻《とき》をかけた朝餉が終わった。

「上様……」

綱吉の後ろに控えていた柳沢吉保が、心配そうな顔をした。

「大事ない。飽きただけじゃ」

違和はないと綱吉が言った。

「重畳でございまする」

ほっと柳沢吉保が息をついた。

「上様、大久保加賀守さまが、目通りを願い出ておりまする」

小姓組頭が朝の政の始まりを告げた。

「通せ」

綱吉が許した。

「さて、本日も戦うとするか」

政を吾《わ》が手に握ろうとしている綱吉が、気合いを入れた。

第五章　各々の思惑

一

「急ぎ、京から戻ってきてみれば……」

諡一剣の兄から報告を受けた甲府徳川家用人西村左京が頭をかかえた。

「勝手なまねをするな」

厳しい声で、西村左京が留守を預けていた安曇庸治郎《あずみようじろう》を叱《しか》りつけた。

「申しわけございませぬ。なれど……」

「言いわけはいい」

弁明しようとした安曇を、西村左京が抑えた。

「失敗を咎《とが》めたところで、取り返すことができるわけではない。できるのは、いや、しなければならぬのは、二度と失敗せぬように教訓となすこと、そして、最善の手を打つことだけだ」

「……畏《おそ》れ入りまする」

安曇が頭《こうべ》を垂れた。

「今後、独断で動くな」

「……はい」

不足そうな顔を一瞬浮かべた安曇だったが、西村左京ににらまれてうなずいた。

「しかし、表御番医師が毒について探りを入れるとは面妖《めんよう》な」

西村左京が首をかしげた。

「御広敷台所ならば、奥医師でなければなるまい」

「どうやら大目付とかかわりがあるようでございまする」

安曇が口を出した。

「大目付だと。飾りものではないか。第一、大目付は大名監察が役目、御広敷には手出しできぬはず」

より訳がわからないと西村左京が困惑した。

「その表御番医師については、調べたのであろうな」

「はい。矢切良衛と申しまして……」

問われた安曇が語った。

「今大路の婿か。ふむ。その辺りから指示されたと考えれば、不思議ではないな」

西村左京が納得した。

「それにしても、襲撃が二度とも失敗するとは、それほど腕が立つのか。医者であろう」

「もと御家人という家柄もかかわっているのやも知れませぬ」

「ふむ」

少し西村左京が考えた。

「一度誘ってみるか。医者を手にしておくのも悪くはないだろう」

「引き入れると」

「どうしてもというほどではないがな。もと御家人というならば、出世で釣れるであろう。殿の御世になれば、千石にしてやるとでもいえば、なびくであろう」

「…………」

苦い顔を安曇がした。

「情けない顔をするな。きさまの失策を咎めるわけではない」

安曇を西村左京がなだめた。

「……わかりましてございまする。いかがいたしましょうや、呼びまするか、それともお見えになりまするか」

「呼ぶ……ああ、往診か。いや、殿のことを教えるのはよくない。儂《わし》が出向く」

西村左京が否定した。

「……あと、万一に備えて、手配をしておけ」

声を西村左京が低くした。

「藩士でよろしゅうございましょうか」

「ああ。無頼は信用できぬ。遣い手として知られる者を何人か出せ。人選は任せるが、よく見ろよ。殿への忠誠厚き者でなければならぬ。うかつな者に命じ、密告されてはまずい」

「わかっておりまする。慶安の役の轍《てつ》は踏みませぬ」

安曇が首肯した。

「気を付けろよ。由比正雪を売った密告者は旗本として抱えられた。これは前例である。主《あるじ》を売れば、旗本に戻れると考えている者もいるかも知れぬ」

「念には念を入れまする」

忠告に安曇が応《こた》えた。

甲府家は、三代将軍家光の三男綱重が分家することで立藩した。幕府から二十五万石を与えられ、家臣の多くは旗本、御家人のなかから選ばれつけられた。将軍の息子とはいえ、分家した以上は家臣でしかない。それにつれて甲府家の藩士たちは、陪臣となった。

天下の旗本から陪臣への転籍は大きな変化であった。陪臣は、直臣より格下になる。もちろん、外様《とざま》大名の家臣たちよりは上になるが、旗本や御家人には遠慮しなければならない。今まで同席できていた親戚《しんせき》と、付き合えなくなるのだ。

体面を重んじる武家にとって、これは大きな問題であった。

「では、出てくる。少しでも早いほうがよかろうからの」

西村左京が、竹橋御殿を後にした。


矢切家の診療は午前中である。昼からは往診、夜は急患の対応しかしていない。日中は患者のために開け放たれている表門も、日隠れとともに閉じられる。

「夜分遅くにすまぬ」

矢切家の表門が叩《たた》かれた。

「へい。どちらさまで」

三造が門のなかから応答した。

「矢切どのにご面会を願いたい。拙者は西田右衛門《にしだうえもん》と申す」

西村左京が偽名を告げた。

「聞いて参りまする。しばし、お待ちを」

潜りに設けられた小窓から、西村左京を確認した三造が、一度屋敷のなかへと引っこんだ。

「畏れ入りまするが……ご用件をお伺いいたしたく」

戻ってきた三造が告げた。

「用件か……」

客を待たせて身分の低い小者に用件を訊《き》かせる。不意の来客に対し当然といえば当然の対応であるが、門ごしで小者からそう言われるのは、気分のいいものではなかった。だが、押しかけたのは西村左京であり、しかも他人の屋敷を訪ねるには非常識な刻限である。西村左京は、淡々と告げた。

「謚一剣について、お話がしたいとお伝え願おう」

「承りましてございまする」

ふたたび、屋敷へ入った三造がすぐに戻ってきた。

「どうぞ、主がお目にかかりまする」

ようやく門が開かれた。

「夜分遅くにお邪魔をいたす」

患者の待合として使っている玄関脇の部屋で、良衛は西村左京を迎えた。

「謚一剣をご存じだとか」

あいさつを良衛は飛ばした。刺客の名前を出し、夜に面会を求めてくる者が、まともであるはずはなかった。

「押さえてもいい」

「ほう……」

用件に良衛は目をむいた。

「知っているだろうが、刺客というのは一度引き受けた仕事を途中で放棄しない。あたりまえだ。次の仕事が来なくなるからな。つまり、おぬしが殺されるか、諡を討ち取るか、どちらかとなるまで、襲撃は終わらぬ。いや、諡を倒したところで、依頼主があきらめないかぎり、刺客は送り続けられる。繰り返される襲撃に耐えきれるか。それを止めてやろうと言っている」

西村左京が述べた。

「条件は」

ただでするはずもない。良衛は目的を訊いた。

「簡単なことだ。我らに与《くみ》してもらう。そうすれば、刺客は来ない。仲間を殺すわけにはいかなくなるからな」

問われた西村左京が言った。

「おぬしたちの仲間に……どなたが頭だ」

当然の疑問を良衛は投じた。

「それは、おぬしが仲間になるまでは教えられぬ」

西村左京が拒んだ。

「……なるといえばどうなる」

「まず、奥方と嫡男を預かる。そのあとで、お目通りとなる」

「人質に取ると言うか」

良衛は息を呑《の》んだ。

「不思議でもなんでもあるまい。教えた途端に裏切られては目も当てられぬだろう」

表情一つ変えず、西村左京が言った。

「返答やいかに」

間を置かず、西村左京が迫った。

「少し考えさせてくれ」

時間を稼ごうと良衛は猶予を求めた。

「駄目だ。この場限りよ。断れば、二度と手はさしのべぬ。きさまとはどちらかが滅びるまで敵」

「それは厳しすぎる。一生を決めるのだぞ。思案のときくらいくれるべきだろう」

良衛はねばった。

「ならば三日やろう」

「おおっ」

「ただし、息子を預かる」

「な、なにっ」

西村左京の要求に良衛は絶句した。

「大目付に話を持ちこまれては困るからな」

「……つう」

考えていたことを見抜かれた良衛は言葉を失った。

「命の危難を除き、将来の栄達を取るか。それとも微禄《びろく》に甘んじ、ずっと狙われ続ける日々を送るか」

「…………」

「返答やいかに」

沈黙した良衛へ、もう一度西村左京が迫った。

「……断ろう」

絞り出すような声で良衛は告げた。

「よいのだな」

「妻と子を人質にというのは、そちらとしては当然のことなのだろうが、取られる側としては、納得できぬ。最初から人を疑うような連中に未来《さき》を託す気にはならぬ」

肚《はら》をくった良衛はきっぱりと言い切った。

「そうか。ならば、遠慮はせぬ」

「ふん。今までも遠慮してはいなかったろう。二度も殺されかかったのだ」

良衛は言い返した。

「いいや、遠慮していた。どちらも最小限の人数であった。だが、今後は数倍する人を出す」

「医者一人に大仰なことだ。吾《われ》のような小者に、そこまで手こずるようでは、大望など成就するはずはない」

西村左京の脅しに、良衛は反論した。

「黙れ。我らは……」

激昂《げっこう》した西村左京が不意に黙った。

「ふん。油断のならぬ奴だ」

西村左京の目から憤怒《ふんぬ》の色は抜けていた。

「拙者を怒らせて、いろいろしゃべらせるつもりだったのだろうが、そうはいかぬ」

落ち着いた西村左京が立ちあがった。

「二度と会うことはあるまい」

「顔は覚えたぞ」

せめてもの反撃と、良衛は嫌がらせを口にした。

「それがどうかしたか。二度と会わぬと言ったはずだ。会わぬ者の顔を覚えていて、どうこうできるものでもない」

西村左京が流した。

「せいぜい後悔するがいい。助けを拒んだことをな。ああ、後悔する間もないか。たった今から、おまえは狙われ続けるのだからな」

捨て台詞《ぜりふ》を残して、西村左京が去っていった。

「先生。どういうことで」

三造が顔色を変えていた。

「戸締まりを厳重にしておけ。あと、三造も母屋《おもや》で寝泊まりしろ。武器も忘れるな」

「……はい」

重い良衛の言葉に、三造が首肯した。

二

翌朝、登城した良衛は、引き継ぎを終えるなり、医師溜《だまり》を後にした。

「対馬守さまが、どこにおられるかわかるかの」

良衛はお城坊主に問うた。

「お捜ししましょうや」

「頼む」

訊《き》くお城坊主に、良衛は小粒銀を渡した。

「柳の間側の小座敷でお待ちでございまする」

城中の雑用一切を請け負い、その心付けを主な収入としているだけにお城坊主の手配はぬかりなかった。

「助かった」

一礼して、良衛は座敷へ急いだ。

「顔色が悪いな。なにがあった。また、襲われたか」

座敷で端座していた松平対馬守が良衛を見るなり問うた。

「昨夜……」

良衛は西村左京とのやりとりを話した。

「西田右衛門……聞き覚えのない名前だな」

松平対馬守が腕を組んだ。

「おそらく偽名であろうが……」

「浪人には見えませなんだ」

良衛は西村左京の身形《みなり》を思い出していた。

「おそらくは甲府の家臣であろうな」

推察の体を取っているが、自信ありげな口調で松平対馬守が言った。

「いかがいたしましょうや」

「なにもせぬ」

即座に松平対馬守が述べた。

「えっ」

良衛は呆然《ぼうぜん》とした。

「相手は将軍の甥君《おい》さまぞ。よほど明確な証《あかし》でもなければ、詰問することもできぬ」

「それでは……」

「見逃すわけではない」

言いつのろうとした良衛へ、松平対馬守がかぶせた。

「では……」

良衛は期待した。

「守りを一層固めるだけだ」

「えっ」

「我らの任は上様をお守りすることだ。そして、それこそ甲府を攻める手立てともなる」

松平対馬守が言った。

「わからぬようだな」

情けないといった目で松平対馬守が良衛を見た。

「甲府がなぜ上様を亡き者にしようとしているかわかるな」

「代わって将軍になるためでございましょう」

良衛は答えた。

「そうだ。今は、甲府が将軍となる条件に合致しているからである」

「今は……」

意味が良衛はつかめなかった。

「そなたていどの軽輩ならばわからずともしかたない。よいか、今、上様がお亡くなりになれば、誰が大統を継がれる」

「……甲府さま、あるいは御三家」

「そうだ。では、徳松さまが生きておられたとすればどうだ」

「……徳松さま」

松平対馬守の言いたいことを良衛は理解した。

「わかったようだな。そう、甲府が将軍になるには、上様にお世継ぎがないという条件が必須《ひっす》なのだ」

「…………」

その裏に良衛は気づいた。良衛の顔から血が引いた。

「確かではない。だが、そなたの思ったとおりであろう」

良衛の推測を松平対馬守が肯定した。

「徳松さまの死も甲府だと」

敬称を良衛は外した。

「口にするな。おろか者め」

松平対馬守が叱《しか》った。

「気づいたことをすぐにしゃべるな。それは軽挙妄動に繫《つな》がる」

「至りませんでした」

良衛は詫《わ》びた。

「しかし、このまま放置もできぬな。そなたにまで誘いの手を伸ばしてきた。これは、他にも上様のお側にいる者へ勧誘をしていると考えるべきだ」

難しい顔を松平対馬守がした。

「…………」

口出しを良衛は控えた。

「これを止めるには、裏切り者を捜し出し、厳しい処断をくわえるしかない」

「一罰百戒でございますな」

「そうだ」

松平対馬守がうなずいて、良衛を見た。

「台所役人のなかから敵をあぶり出すぞ」

「どうやれと……」

良衛は嫌な予感で背筋を震わせた。

「西田右衛門とかいう者の言を信用するならば、そなたに刺客が送られる。その第一陣はまちがいなく、先日の謐一剣であろう。それを利用する。そなた、今日、日のある内に吾《わ》が屋敷に来い。夕餉《ゆうげ》は出してやる。そして遅くに帰宅しろ。かならず謐一剣が出てくるはずだ。そなたが儂《わし》と繋がっていることを相手は知っているのだからな。そこで、謐一剣を捕らえろ。ああ、無理ならば殺していい。ただ、すぐに死体を吾が屋敷へ運びこめ」

「難しいことを」

命に良衛は表情をゆがめた。

「謐一剣が帰ってこなければ、相手は倒されたか捕まったと考えるはずだ。そこで儂が無頼一人を捕まえ、吟味中だという噂を流す。どう出るかな、敵は」

「謐の一門である台所役人は、己の身元《みもと》が知られるやもと震えましょう」

「そうだ。そして、そやつが採る手段は二つ。一つは捕まる前に逃げ出す。これでもいい。台所から上様の敵を追い出せるからな。もう一つは……」

松平対馬守が良衛を見つめた。

「上様に毒を盛る」

良衛は思わず言ってしまった。

「ああ。そうすれば、己の罪は消え、功労者となる。新しい将軍は、決して今の上様の死因を探ろうとはするまいからな」

大きく松平対馬守が首肯した。

「ですが、毒を盛る現場を押さえませぬと」

「そなたが台所に張り付け」

「また無茶を。一度だけでもかなり嫌がられましたぞ」

無理だと良衛は否定した。

「そこは任せろ。御広敷膳《ぜん》所台所頭はこちらでなんとかする」

「毎日でございまするか」

「当然だ」

「それでは、患者が……」

表御番医師でありながら、良衛は町医者でもある。良衛のもとを訪れる患者は少なくなかった。一日御広敷台所に詰めるとなれば、患者を診ることができなくなる。良衛は渋った。

「上様のお命にかかわることぞ」

「…………」

良衛は反論できなかった。

旗本として将軍の身を守るのは仕事であった。なにより、医者として人の命が失われるのを見過ごすわけにはいかなかった。不治の病ではない。良衛には、それを防ぐ手立てがあるのだ。

「承知いたしましてございまする」

しぶしぶながら良衛は引き受けた。

「……あとこれはかかわりあるかどうか。上様にご確認いただければと」

ふと良衛は宇無加布留のことを思い出した。

「万病の妙薬、すべての毒を消す薬だというか」

聞いた松平対馬守が驚いた。

「事実かどうかは、誰も使った者がおりませぬゆえ、わかりかねまするが、下賜を願った者について、お伺いを」

「上様に毒が盛られたときに、解毒の妙薬を求める者がいる。気になるな」

松平対馬守も首をひねった。

「お伺いしてみよう。では、今夜待っている。儂は手配をせねばならぬ」

さっさと松平対馬守が座敷を出て行った。


良衛と別れた松平対馬守は、柳沢吉保を訪ねた。

「柳沢どのに」

お側去らずとして寵愛《ちょうあい》を受け始めた柳沢吉保は、将軍御座の間上段片隅に控えている。大目付とはいえ、そこまで入りこむわけにはいかなかった。

松平対馬守は、御座の間の外縁入り側廊下に控えている小納戸へ、頼むしかなかった。

「しばし待たれよ」

御座の間に入った小納戸は、しばらくして帰ってきた。

「上様とお話しでござったので、終わるまでお声をかけるわけにはいかなかった」

閑職とはいえ、大目付の身分は高い。まず小納戸は言いわけをした。

「いや、お気になさらず」

そう言って、松平対馬守は先を促した。

「東入り側でお待ちいただきたいとのことである」

御座の間付近では、老中など執政以外は呼び捨てされるのが慣例である。小納戸は尊大な口調で告げた。

「承知いたした」

松平対馬守は東入り側へと引いた。

伝言を受けた柳沢吉保は、綱吉に許可を求めた。

「少し外させていただいてよろしゅうございましょうや」

「対馬守だそうだな」

「はい。なにやら急用のようでございまする」

「行くがよい。先日の件であろう」

「畏《おそ》れ入りまする」

許しを得て、柳沢吉保は松平対馬守のもとへと急いだ。

「お待たせをいたしました。あまり余裕はございませぬ。早速お話を」

余分な挨拶《あいさつ》はなしでと柳沢吉保は話を急《せ》かした。

「じつは……」

松平対馬守が、良衛とのやりとりを語った。

「なるほど、わたくしならば台所へ顔をだしても不思議ではございませぬな」

柳沢吉保が納得した。

すでに綱吉のお気に入りとして知られている柳沢吉保である。綱吉がなにになにを食べたいと要求していると伝えに行くのに最適であった。

「探索のように長くいることはできませんが、膳所台所頭と話をするには、わたくし以上の適任はございませぬな」

「お願いいたす。それと上様のお側におられる柳沢どのなら、ご存じか。宇無加布留という薬のことだが」

「宇無加布留……聞いたこともございませぬ。それが……」

「これも矢切が申しておったのでござるが……」

松平対馬守が述べた。

「解毒剤……符合しすぎまするな」

「でござろう」

「わかりました。こちらも調べておきましょう」

柳沢吉保がうなずいた。

三

松平対馬守と夕餉《ゆうげ》を摂《と》った良衛は、五つ（午後八時ごろ）過ぎに屋敷を出た。

「なにを食べたか、味さえわからぬわ」

気を遣う食事に良衛は疲れていた。

「食事は薬と同様に、人の身体を癒《いや》さねばならぬ。これから患者には、気の合う人と食事をするようにと指導すべきだな」

歩きながら良衛は愚痴を漏らした。

武家の門限である暮れ六つ（午後六時ごろ）を過ぎた江戸の町は、人通りがほとんどなくなる。

「そろそろ出てきたらどうだ」

良衛は辻《つじ》の手前で足を止めた。

「ばれていたか」

辻の角にある濃い闇のなかから謐一剣が現れた。

「急かされたのだろう。雇い主から」

「いやな標的だな。事情を知られすぎるのはよくない。今後の糧にさせてもらう」

諡一剣が太刀を抜いた。

「おまえのこと、気に入っていたのだがな」

言いながら、諡が走り寄ってきた。

「こちらは、迷惑だ」

良衛はこれを予想して両刀を差している。すぐに応じて太刀を抜き放った。

「くらえっ」

「なんの」

振り落とされる一撃を良衛は受けた。

日本刀はその鋭い切れ味を得るために、極限まで研ぎ澄まされている。太刀と太刀がぶつかれば、まちがいなく刃は欠ける。本当に剣の腕の立つ者は、決して太刀で受けたりしない。身体の動きで避《よ》けるのが良策であった。良衛は一度戦ったことで、諡の技量が己よりも上だと感じていた。避けようと無理をすれば、そこにつけこまれかねない。良衛は太刀を犠牲にした。

「受けるとは愚かな」

鍔迫《つばぜ》り合いに持ちこんだ諡が笑った。

「そいつはどうかな」

上からのしかかってくる諡に良衛は抵抗した。

「あきらめろ。おぬしとでは、場数が違う」

諡が一層体重を掛けてきた。

間合いのない対峙《たいじ》といわれる鍔迫り合いである。もう、互いに相手の刃《やいば》の下でせめぎ合っているのだ。少しでも押し負ければ、相手の刀が己の身に食いこむ。

「おうやあ」

良衛は下から押し返そうと力を入れた。

「無駄なあがきを」

諡が応じた。

「………………」

一尺（約三十センチメートル）と離れていないところにある諡の目の色が変わった。

罵《ののし》りながら諡が、太刀に力を足した。

「くたばれ」

「やられるかあ」

良衛も耐えようと力を入れた。瞬間、良衛は諡の喉《のど》の筋が緩むのを見た。

「ふん」

諡が不意に力を抜いた。力の拮抗《きっこう》が崩れた。押し上げようとしていた良衛は、支えを失った。もたれていた壁がなくなったのだ。良衛の体勢が崩れた。

「もらった」

勝ち誇った顔で諡が太刀を振りあげようとした。

「気づかぬと思っていたか。胸の力を抜くのは、身体を動かす前駆症状だ。医者をなめるな」

良衛は半歩後ろへ下がろうとしている諡の下腹を蹴《け》り飛ばした。人の下腹には骨がない。下がるために己の体重を掛けたところへ、前から蹴られてはたまらない。諡が空気をすべて吐き出して、苦悶《くもん》した。

「息ができなければ、力は使えぬだろう」

「……く、くそっ」

諡が刀を振ったが、力ないものでしかなかった。

「動けるだけ立派だがな」

感心しながら、良衛はすばやく諡の背後へ回った。

「殺しはせぬよ」

良衛は諡の首に手を当てた。右手の親指と小指を使って頸動脈《けいどうみゃく》を押さえる。

「ここには、つぼがある。ここを押さえられたら、脳へ上がる血が減り、気を失う」

「…………」

諡が抵抗しようと身をよじったが、良衛はしっかりと摑《つか》んで離さなかった。

「次に気づいたときは、大目付さまのもとだ。ゆっくりお話ししてくるがいい」

意識の落ちた謐へ、良衛は声を掛けた。

「途中で目覚めては面倒だ」

良衛は謐を刀の下緒で縛り上げ、首を持つようにして引きずり、今一度松平対馬守の屋敷へと戻った。


西村左京のもとへ、謐一剣の行方がわからなくなったという報《しら》せを持って来たのは、台所役人であった。

「捕まったか」

「申しわけございませぬ。医師を追わせていたのでございますが」

台所役人が身を縮めて詫《わ》びた。

「返り討ちにあったようだな。安曇、別命あるまで、藩士を医者に向かわせるな。もし、すでに出しているならば、引きあげさせろ」

「よろしいのでございましょうか」

「ああ。謐が失敗したことで、医者はまちがいなく大目付に救いを求めたはずだ。大目付が人を出したかも知れぬ。ほとぼりが醒《さ》めるまで待て」

「承知いたしました」

安曇が下がった。

「謐が生きて捕らえられたとしても、そう簡単には白状すまい」

「それは大丈夫かと。刺客は口の堅さが信条でございますれば」

西村左京の言葉に、台所役人が同意した。

「だが、ことは将軍毒殺だ。大目付も手立ては選ぶまい。謐の辛抱もそうそうは期待できぬ」

「…………」

台所役人が顔をしかめた。

「明日《あした》、いけるな」

「な、なにを……」

問いかけられた台所役人が息を呑《の》んだ。

「対策を取られる前に、仕留めるしかあるまい」

「ですが……もう少し落ち着いてから、しかるべく用意してからにするべきでは」

台所役人が躊躇《ちゅうちょ》した。

「その余裕はない。謐が、そなたの弟と知れれば終わりぞ」

「姿を隠してはいけませぬか」

落ち着きのない目つきで、台所役人が願った。

「自白と同じだぞ、それは」

冷たく西村左京が告げた。

「よく考えろ。逃げ出してどうする。天下は将軍家のものだ。たちまち津々浦々に至るまで手配される。身分を捨てて、一介の町人として生きていくならば、まだどうにかなろうが、綱吉が生きている限り、二度と表に出てはこられぬ」

「甲府家で庇護《ひご》を……」

「できるわけなかろうが。将軍に毒を盛った台所役人をかばうなどしてみろ。虎視《こし》眈々《たんたん》と当家を狙っている綱吉に格好の材料を与えることになる。藩が潰《つぶ》れるわ」

西村左京が拒否した。

「そんな……わたくしは西村さまのご指示で……」

台所役人が悲愴《ひそう》な顔をした。

「失敗しておきながら、他人のせいにするか。最初で成功していれば、ことはすんだのだ」

厳しく西村左京が弾劾した。

「綱重さまが、まだ大奥におられたときから、御膳《ごぜん》をしつらえて参りました。わたくしの作りました卵の吸い物をお気に召し、格別にお声をかけていただいたときより、ずっと忠誠を捧《ささ》げて参りました。無念ながら綱重さまはご大統をお継ぎになることなく大奥から去られました」

三代将軍家光の息子綱重は、兄家綱が西の丸へ移り世子と決まったことで、甲府二十五万石をもらって別家、居所を大奥から竹橋御殿へと移した。それに伴い、多くの幕臣が、綱重につけられて、甲府へと籍を移した。台所役人は、その選に漏れた。もちろん、漏れたほうが幸運であった。幕臣から陪臣への格落ちを避けられたのだ。

「綱重さまこそ、大器でございました」

台所役人が熱に浮かされたように語った。

綱重は、甲府二十五万石の藩主として、殖産奨学に腐心した。和算の学者として有名な関孝和《せきたかかず》を招き、甲府に学堂を計画したり、領内を流れる川の治水を命じるなど名君としての功績が多い。

対して四代将軍となった家綱は、凡庸であった。

「そうせい」

老中の奏上にはそう答えるしかせず、政に興味をまったく示さなかった。家光からの執政、松平伊豆守信綱、阿部豊後守忠秋らの補佐がなければ、慶安の役の後始末さえまともにできなかった。

誰の目にも、家綱、綱重のどちらが将軍に向いているかは明らかであったが、徳川家に残る家康の遺訓には勝てなかった。

長子相続。三代将軍を決めるときに、家康が示した指針である。病弱で覇気がなく、学問も好まない次男家光と武芸に通じ、好学、身体頑強な三男忠長《ただなが》のどちらかを三代将軍にしなければならないとなったとき、二代将軍秀忠は家光ではなく、忠長へ譲ろうとした。

それを知った家康は、秀忠を制し、家光を跡継ぎと決めた。

幕府にとって天下を統一した徳川家康は神であり、その言葉は絶対である。将軍継嗣は長幼を重視するのが、幕府の決まりになった。

こうして綱重は、臣下となり、甲府二十五万石の主となった。

「さぞや無念でございましたでしょう。綱重さまは、有り余る才を腐らせるしかなくなった。その不満を紛らわせるため、飲酒、女色に溺《おぼ》れられ、身体を壊された」

綱重は、十九歳で嫡男綱豊を産ませるなど早くから側室を持っただけでなく、十代の初めから酒を好み、毎夜浴びるほど飲み続けた。そのせいか、三十五歳という若さで死去してしまった。

「あと二年、いえ三年生きておられれば、五代将軍となられたのは綱重さまでございました」

綱重の死から二年、四代将軍家綱が跡継ぎを設けることなく逝去した。

「徳川の故事に従うならば、五代将軍には綱重さまの系統がなられるべきでございました」

家綱には二人の弟がいた。綱重と館林藩主として別家した綱吉である。当然、三男である綱重が四男綱吉より上になる。そう、甲府が館林よりも上席となり、将軍継嗣を出す権利を持つ。

「しかし、幕府は、綱豊さまは孫、綱吉さまは子と、家光さまより一代遠いとの理由で、長幼を曲げて綱吉さまを五代将軍とされた。あのとき、綱重さまのお血筋を再び、大奥へお迎えできると思っていたわたくしは、愕然《がくぜん》といたしました」

「……………」

延々と語る台所役人を西村左京は放置していた。

「そのとき、あなたさまよりお話があった。正しき系統に将軍家を戻す。綱吉さまを排し、綱豊さまをお城へ返す。綱重さまのご無念を晴らす手伝いをしないかと誘われて、迷わずに乗ったのでござる」

「こちらに責を押しつけるな。結局は、綱豊さまの御世での立身を求めただけだろう」

西村左京が言い捨てた。

「それがなかったとは申しませぬ。ですが、料理をするものとして、己の作ったものをうまいと言ってもらえることがなによりの褒美。御広敷台所で仕事をしている我ら役人には、生涯与えられぬといっていい栄誉。直接、声をかけていただくというのがどれほどありがたく、かなわぬ夢か。わたくしは、その誉れを得た。綱重さまのおかげで」

台所役人が声を強くした。

「なれば、やれ。徳松君は、西の丸の女中が手を下した。綱重さまのお手が一度ついただけで側室として認められなかった女だ。綱重さまがあのまま将軍となっておられれば、中臈になれた。それが家綱さまが将軍となったために、捨てられた。女にとって将軍というのは、恨みの対象であったのだ」

「まさか……」

聞かされた台所役人が息を呑んだ。

「女にとっての恨みは、男にとっての恩に等しい。そうであろう。命をかけるのは同じだからな」

「……恩」

わずかに台所役人が引いた。

「調理場で吸い物を作る賄方でしかなかったそなたが、その身分まで上がれたのは誰のおかげか」

「……それは」

台所役人が詰まった。

賄方は十俵二人扶持の軽輩である。その禄《ろく》では、余得がなければまず食えなかった。

「我らである。我らが伝手《つて》を頼り、金を遣って、そなたを今の地位に引き上げた。その恩を返すは今である」

「…………」

「まさか、恩恵だけを欲しているというのではなかろうな。嫌ならば、最初に出世の話が来たときに断ればすんだ」

西村左京が詰め寄った。

「なれど、毒味が……」

「毒味は一箸《ひとはし》ずつしかつけぬ。相伴の小姓もそうだ。毒の量を調整しろ。一箸では死なず、すべてを喰《く》えば効くようにな」

「そのような量など、わかりませぬ」

「安心しろ。その量はこちらから教える。前回の失敗を我らは無駄にしていない。医師に毒の効く量について確認してある。おぬしは、ただ、綱吉がかならずすべてを食す食材に毒を仕込めばいい」

「お好み……」

「そうだ。それは、そなたでないとわかるまい」

揺れた台所役人に西村左京が述べた。

「綱豊さまが六代将軍になられたならば、そなたを御広敷台所支配にしてやろう。もちろん御賄頭もその配下とするゆえ、身分は旗本。禄《ろく》は三百石でどうだ」

「……旗本、三百石」

台所役人が繰り返した。

「今の禄高二十俵、役料五十俵二人扶持、御家人とはずいぶん違う」

ゆっくりと染みこませるように西村左京が言った。

「やってくれるな」

西村左京が台所役人の肩をたたいた。

四

将軍も人であった。ただ、その影響力が強すぎるため、思うがままに振る舞うわけにはいかなかった。

「あの者の名前は……」

大奥で女中の名前を訊《き》いただけで、その夜の閨《ねや》にその女が入っている。

「気をつけよ」

ちょっとした失敗を注意しただけで、小姓が腹を切る。

うかつになにも言えないのが、将軍であった。その将軍がただ一つわがままを言えるのが、食事であった。

「鳥の付け焼きを食したい」

綱吉の希望を携えて、柳沢吉保が御広敷台所へ出向いた。

「雉《きじ》が献上されておりました。では、昼餉《ひるげ》にお出しいたしましょう」

御広敷膳《ぜん》所台所頭羽生東作が引き受けた。

「任せた。疎漏なきようにな」

柳沢吉保が帰っていった。

「矢切さま」

羽生が、台所に詰めるようになった良衛のもとへ近づいてきた。

「上様よりご希望がございました」

「……雉の付け焼きか。お好みなのかの」

良衛は問うた。

「鳥はお好みのようでございまする。鶴の吸い物もお好みで、よくお召し上がりくださいまする」

問われた羽生が首肯した。

「他の御献立はどうする」

食事には偏りがあってはならない。良衛は尋ねた。

「一の膳の主菜が雉となりました。二の膳は、魚で参りましょう。朝方見事な鯛《たい》が献上されておりましたので、それを酒浸しでお出ししまする。他には菜の煮物と、鮃《ひらめ》の身を卵白とすりあわせて真丈としたものを吸いものに浮かべましょうか」

「けっこうだな」

「もっとも、献立を決めるのは御賄組頭どののお仕事でございまするが」

献立を語っていた羽生が笑った。

「御賄組頭どのは、口を挟まれぬようにお見受けしたが」

良衛が御広敷台所に来て二日になる。六食分の調理を見てきたのだ。台所がどういう回りかたをしているかは理解していた。

「そのあたりは、まあ……」

羽生がごまかした。

「では、手配がございますので」

一礼して羽生が離れていった。

「御広敷膳所台所頭どのよ」

調理場で羽生に声がかけられた。

「なにかの」

御賄頭の次席として台所を統括している羽生が、鷹揚《おうよう》に返事をした。

「上様よりお好みのお知らせがござったそうでございまするが、内容をお聞かせいただきたい」

話しかけたのは、先日西村左京と密談していた台所役人であった。

「雉の付け焼きをお望みとのことである」

「……雉。お引き受けなさったのか」

「どうした」

羽生が不安そうな顔をした。

「献上された雉でございまするが、思いの外小さく、うまく捌《さば》いたとしても四人前が限界かと」

「なにっ」

さっと羽生の顔色が変わった。

「御台さまのお好みではございませぬゆえ、大奥には使わずともすみまするが……」

「まずい。引き受けてしまったではないか。今さら、できませぬは通らぬぞ」

将軍の願いを断ることになる。それは承諾した羽生の責任となった。

「なんとかならぬのか」

羽生が焦った。

「形だけを整えるならば、上様と相伴の小姓の二つだけ、一人前をつけ、残りの毒味用は、小さめで差配するしかございませぬ」

「……そうするしかないか。賄方への指示は任せる」

「承った」

台所役人が下がった。

「なにかござったのか」

席へ戻ってきた羽生へ、良衛は問うた。

「いや、些細《ささい》なことでござる。ご懸念にはおよびませぬ」

羽生が首を振った。

将軍の昼餉は、正午と決められていた。もちろん、政の具合によって、遅れることはあるが、早まることだけはなかった。将軍が空腹を訴えても、早めにとはならないのだ。

それは決まりきった刻限に調理が始められ、終わるということでもある。

「雉に火とおりましてございまする」

焼き方を担当する賄方が、串《くし》を打った雉肉を隣に渡した。

「付け焼きのたれをつけまする」

受け取った賄方が、慎重に雉にたれをまぶした。

将軍の口に入るものを調理している。調理場は真剣な雰囲気のなかにあった。

「そろそろ用意をいたせ」

羽生が調理から盛りつけへ移るように指示した。

「御賄頭さま」

「うむ。膳の用意は調っておる」

御賄頭が首肯した。

「鬼をいたせ」

「おう」

「はい」

御賄組頭と御賄吟味役二人が、一箸《ひとはし》ずつすべての料理を試した。

「異常ございませぬ」

御賄組頭が声をあげた。

「お味付け不足と存じまする。付け焼きのたれをこれへ」

御賄吟味役が味付けの変更を口にした。

「…………」

息を詰め、御賄吟味役が、鬼役二人が箸《はし》を付けなかった膳の雉肉にたれをかけた。

御賄吟味役の手が震えた。

御賄吟味役は、料理の味の善し悪しを判断する。御賄方を長く務めた者から選ばれるが、それ以上の出世はまずない上がり役であった。それだけに、味付けなどにかんしては熟練していて、御広敷台所膳所頭といえども、口出しはできなかった。

「……よろしかろう」

御賄吟味役がたれを置いた。

「よし。ただちに囲炉裏の間へ」

羽生が命じた。

「お待ちあれ」

良衛が大声をあげた。

「なんだ。お医師といえども口出しは遠慮せい。ここは表ではない。御広敷である」

御賄頭が気色ばんだ。

「お毒味がすんでおりませぬぞ」

気にせず良衛は告げた。

「なにを言うか。今、目の前で二人が鬼を務めたであろう」

ふざけたことを言うなと、御賄頭が憤慨した。

「最後にかけたたれの毒味はしておりますまい」

「……くっ」

良衛の指摘に御賄吟味役が表情をゆがめた。

「大事ない。今までも何度となく、たれの追加はおこなわれてきた。一度も問題はおこっていない」

御賄頭が首を振った。

「いいえ。過去無事であったから、今度も大丈夫だというのはとおりませぬ」

良衛が否定した。

「よいか。この御膳《ごぜん》三つは、上様と相伴小姓、毒味の小納戸が食べるものだ。どれを上様がお召し上がりになるかわからぬのだ。上様の御膳に箸跡のあるものを出せるわけなかろうが」

強硬に御賄頭が反対した。

「なにより、そなたに我らになにかを命じる権はない」

「たしかにございませぬが……よろしいのでござるな。このあとなにかあったときは、そのすべての責を、わたくしの忠告を無視した貴殿が負うことになりましょう。当然、なにもなければ、わたくしが要らぬ口出しをしたとして罰せられましょうが」

脅しを良衛はかけた。御賄頭は御広敷台所で唯一の旗本である。他の御家人たちよりははるかに責務は重かった。

「……ううむう」

責任を負わされる。役人にとって、なによりの恐怖であった。

「立岡《たつおか》、まさかとは思うが」

動けなくなった御賄頭に変わって、羽生がたれを加えた御賄吟味役へ問いかけた。

「と、当然でござる」

立岡の答えは震えていた。

「……立岡」

御賄頭が不審な顔をした。

「どうなされた。顔色が悪うござるな。息も浅く多いようでござるし、汗も出ておられるようだ。どれ、脈を拝見いたそうか」

近づいて良衛は立岡の手をつかもうとした。

「わ、わああ」

立岡が良衛の手を振り払った。

「惑乱のようでござる。これは表御番医師の仕事」

良衛は宣した。

「…………」

「お任せいたす」

御賄頭は無言で横を向き、羽生は認めた。

「お薬を進ぜようほどに。おとなしくしていただこう」

良衛は立岡に迫った。

「ちくしょう」

大声を出した立岡が、手にしていたたれを飲みこんだ。

「こいつ……」

あわてて良衛は、たれ壺《つぼ》を取りあげたが、すでにそのほとんどは立岡が飲みこんでいた。

「……ぐえええ」

すぐに立岡が苦しみだした。胸をかきむしり、口から泡を吹いて転げ回った。

「毒……」

「なんということを」

御賄頭と羽生が蒼白《そうはく》になった。

「吐き出せ」

良衛は立岡を押さえて、水を飲ませようとしたが遅かった。

「がはっ」

盛大に血を吐いた立岡が短く痙攣《けいれん》したあと、動かなくなった。

「ど、どうすればいい」

「わかりませぬ」

二人がうろたえた。

「ただちに大目付松平対馬守さまを」

「なぜ大目付さまを。お目付さまではないのか」

良衛の言葉に御賄頭が疑問を呈した。

「お目付さまでは、台所一同が罪に落とされましょう。大目付さまには、城中のことを監察する権はございませぬ。うまく処理してくださるはず」

「わ、わかった」

あまりのことに頭が回らなくなったのか、良衛の言いぶんを信じて、御賄頭が駆けだしていった。

「わ、我らもお咎《とが》めを受けることになるのか」

おずおずと羽生が訊《き》いてきた。

「上様のために食事を調えてくださっているお方を排除するなど、ありえますまい。

一つお伺いしたいが」

「なんでござろう」

羽生がすばやく応じた。

「立岡と申したこの男、親類縁者はおりましょうや」

「おるはずでございまするが……今はわかりかねまする」

「念のため、ただちに調べて、しばらく謹慎させておかれるべきでございましょう。まちがえても上様のお食事にかかわらせてはなりますまい」

「さようでござった。ごめん」

良衛の勧めにうなずいて羽生も離れていった。

「似ているといえば似ているのか」

苦悶《くもん》の表情をしている立岡はよく肥えており、やせてすさんだ顔つきの謐一剣とはまったく別人のようでありながら、どことなく面影があると良衛は感じていた。

「骨か。骨の形が近いのだ」

良衛は気づいた。

「生きかたの違いで顔は変わる。だが、それは肉付きだけのもので、一皮むいた下の骨は同じ。つまり、悪事を重ねてゆがんだ顔も、善を積めばもとに戻るということか」

手を合わせて良衛は立岡を拝んだ。

五

大目付松平対馬守はただちに御広敷台所を支配下においた。御広敷は留守居支配である。あきらかな越権行為であったが、将軍毒殺未遂だけに、うかつにかかわれば、飛び火を喰らいかねない。十万石の大名と同じ扱いを受け、次男まで目通りを許される留守居は、旗本の顕職である。大目付よりも格は高い。それこそ大名一歩手前なのだ。経歴に傷が付くことを怖れて、留守居は見て見ぬふりを決めこんでいた。

「なにもなかったこととする」

松平対馬守が、台所役人たちに告げた。

「ほう……」

「助かった」

あちこちでため息がした。

「ただし、このようなことが二度とないよう、鬼同士も監視し合うようにいたせ。また、味付けの変更があった場合は、鬼をもう一度いたせ」

「承知いたしました」

本当に首がつながったのだ。台所役人から否やはでなかった。

「矢切。ついて参れ」

「はい」

呼ばれて良衛は松平対馬守の後に従った。

「失敗だな」

御広敷をはずれたところで、松平対馬守が断じた。

「毒を防ぎましたが」

文句を言われる筋合いはないと、良衛は抗議した。

「下手人の自害を防げなかった。これは大失敗である。捕まえていれば、その背後にいる甲府をあぶり出せたものを」

松平対馬守が苦い顔をした。

「いきなりのことでございました。防ぐのは無理でございまする」

良衛は状況を語った。

「阿呆《あほう》。将軍に毒を盛る。謀叛以上の罪だぞ。捕まれば死罪しかない。問いつめれば、自害するしかないではないか。それを読んでまず取り押さえ、自害できぬようにせねばならぬ」

「無理でございましょう。わたくしは医師。目付ではございませぬ。そのようなまねをすれば、わたくしが他の台所役人から指弾を受けました」

医師に監察の役目は与えられていない。

「それくらい耐えよ。吾《われ》を呼べばすむであろう」

「わたくし一人で立岡を捕え、台所役人の相手をしながら、対馬守さまのもとへ報《しら》せると」

「…………」

突っこまれて松平対馬守が黙った。

「毒が上様へ届くのを防いだだけで精一杯でございました」

「しかし、これで甲府を罪に落とすわけにはいかなくなったではないか」

まだ松平対馬守が言いつのった。

「諡一剣がおりましょう。あやつをたぐれば、立岡と甲府家のつながりが浮かびましょう」

「……もうできぬ」

「えっ」

良衛は虚を突かれた。諡一剣は良衛によって取り押さえられ、松平対馬守に渡されていた。

「死におった。水を飲ませてくれればしゃべるというのでな。轡《くつわ》をはずしたとたん、舌《か》を嚙みおった」

「なにを……」

良衛は啞然《あぜん》とした。まさに失策であった。

「家臣に任せていたのだが……儂《わし》は毎日登城せねばならぬのでな」

己のせいではないと松平対馬守が言いわけした。

「もうよろしいでしょうか」

力の抜けた良衛は、終わりにしたいと願った。

「ご苦労であった。ここからは、そなたのかかわりないことである」

あっさりと松平対馬守が認めた。

「で、長崎への遊学は……」

「甲府を潰《つぶ》せたときだ」

「それはいくらなんでも」

良衛は文句をつけた。

「黙れ。医師風情が大目付に対し、不遜《ふそん》である」

「…………」

頭ごなしにどなりつけられて、良衛は黙った。

「追って沙汰《さた》をする。下がれ」

松平対馬守が犬を追うように手を振った。

「今後は腰痛を自宅でお治しあるように。表御番医師は殿中の万一に備えております もの。同じ方を診続けるというのは筋に合いませぬ」

精一杯の嫌みを口にして、良衛は医師溜《だまり》へと足を向けた。

将軍綱吉は遅れた昼餉《ひるげ》に文句一つ言わなかった。求めた雉《きじ》の付け焼きが膳の上にな かったことにも言及しなかった。

「大目付松平対馬守をこれへ」

昼餉を終えた綱吉が、松平対馬守を呼び寄せた。

「お呼びでございましょうか」

待っていた松平対馬守がすぐに参上した。

「一同遠慮致せ。ああ、吉保は残れ」

綱吉が他人払《ひとばら》いを命じた。

「……詳細を申せ」

小姓と小納戸がいなくなるのを見届けてから、綱吉が命じた。

「今回の一件は……」

松平対馬守が語った。

「台所役人の一人が、甲府に飼われていたか」

綱吉が頬をゆがめた。

「上様というより、先代さまへの対応であったのではございませぬか」

柳沢吉保がなぐさめのような話をした。

「あるかも知れぬな。四代将軍家綱さまの死に様も普通ではない。徐々に身体が弱り、薬も効かなくなったという」

綱吉が眉《まゆ》をひそめた。

四代将軍家綱も四十歳という若さで死亡している。幕府医師だけでなく、天下の名医を招いての治療も届かなかった。

「徐々に身体を弱らせる毒などあれば、鬼も意味をなさぬ」

鬼役を務める小納戸や相伴役の小姓は、当番で代わる。毒が含まれているかもしれない食事を毎日摂《と》るのは将軍だけである。綱吉の懸念は当然であった。

「わたくしどもではわかりかねまする」

柳沢吉保が頭《こうべ》を垂れた。

「のちほど、医師に問うておきまする」

松平対馬守が請け負った。

「真田が鬼の日に毒が盛られたのはなぜだかわかるか」

綱吉が話を変えた。

「いいえ」

「わかりませぬ」

二人が首を振った。

「あの日の相役を思い出せ」

「相役でございますか。たしか片桐……あっ」

思い出していた柳沢吉保が声をあげた。

「そうだ。躬《み》も思い出してわかった。ともに外様《とざま》大名の分家だ。分家はその相続に、本家の意向が入る。さらに出が外様だ。どうしても譜代に比べれば弱い。後ろ盾となる有力な親類もない」

いかに旗本になったとはいえ、もとが外様なのだ。婚姻などでも不利であり、格上の相手との縁は難しい。

「なにかあれば、潰される。その恐怖に囚《とら》われているはずだ。その両家が偶然鬼役に当たった。鬼役の当番は、前もってわかるな」

「はい。小納戸の勤務割りは下部屋に提示してございまする」

柳沢吉保がうなずいた。

将軍の身の回りをする小納戸の役目は多種にわたる。今日、誰がなにを担当するか、本人以外にもわかるように、下部屋という控え室に張り出されていた。

「知ることは容易だの」

「恥ずかしいことでございまするが」

綱吉の確認に、柳沢吉保は顔を伏せた。

「真田も片桐も外様の出よ。当主に異変があっても、それを表沙汰《おもてざた》にはしたがらない。そこを利用された。躬が助かったのは、ただの僥倖《ぎょうこう》であった」

小さく綱吉が震えた。

「いかがなさいまするか。上様の甥《おい》君とはいえ、甲府は一大名。ご命いただければ、潰してごらんに入れまする」

松平対馬守が問うた。

「証《あかし》が足るまい。これが、外様だというならば、どうにでもできようがな。吾《わ》が甥……いや、三代将軍家光公の孫ともなれば、世間を納得させるだけのものがいる。でなくば、躬が甥に将軍位を奪われると怖れ、殺したと言われるだけだ」

綱吉が首を振った。

「浅慮でございました」

松平対馬守が詫《わ》びた。

「将軍は天下を統べる者、公明正大でなければ政を推し進められぬ」

強く綱吉が告げた。

「かといって、このままなにもせぬと言うのも業腹であるな。なにかないか、吉保」

「……上様、一つ気になる話が。富士見宝蔵に保管されておりまする宇無加布留でございまする。宇無加布留というのは……」

柳沢吉保が、宇無加布留のことを話した。

「すべての毒を解くか。その宇無加布留を必死で欲している者が江戸におる……なるほど。人を呪わば穴二つというやつだな」

綱吉が口の端をゆがめた。

「躬に毒を盛る。それは、盛り返されるかも知れぬということでもある。宇無加布留を欲したのは、甲府だろう。万一の備えとして。しかし、そこまで効くものか、宇無加布留とは」

「それが、矢切によりまするると、宇無加布留が使われた記録は見あたらず、効くかどうかさえわからぬとのことでございまする」

良衛の話を松平対馬守が伝えた。

「確認されておらぬのか。そのような薬、危なくて遣えぬではないか」

綱吉があきれた。

「まあいい。効かねばそれのほうがいい。吉保、甲府を呼べ。あと富士見宝蔵番頭に命じて、宇無加布留を百匁（約三百七十五グラム）削り取らせよ」

「はい」

寵臣《ちょうしん》である。綱吉の意図を柳沢吉保はしっかり理解した。

「対馬守、大目付として臨席せい」

「承知致しましてございまする」

松平対馬守が平伏した。


諸大名は、大広間や黒書院、白書院など、格に応じて将軍目通りの場所が決められていた。ただ、将軍一門である御三家と越前松平、甲府徳川家などは、私事にかかわるとき、御座の間での目通りを許された。

「上様におかれましては、ご機嫌うるわしく、徳川宰相綱豊お慶《よろこ》び申しあげまする」

御座の間下段中央で、甲府徳川綱豊が手を突いた。

「宰相どのにも健勝の様子。なによりである」

綱吉が返した。

甲府徳川綱豊は延宝八年（一六八〇）、参議へ補せられた。参議は別名宰相とも言われることから、綱豊は甲府宰相と呼ばれるようになっていた。

「そなたは躬の甥である。いわば、子も同様。甘えてくれよ」

「はっ……」

綱吉の話に綱豊が妙な顔をした。

「なぜ欲しいものがあるならば、躬に願わぬか」

「上様、仰せの意味がわかりかねまするが……」

綱豊が首をかしげた。

「吉保」

「はい」

下段の間と上段の間の境に控えていた柳沢吉保が、前に置いてあった三宝を恭しく捧《ささ》げ持ち、綱豊のもとへ進んだ。

「上様よりの下されものでございまする」

柳沢吉保は三宝を綱豊の前に置いた。

「これは……」

綱豊が綱吉を見上げた。

「探しておったのであろう。宇無加布留じゃ」

「うっ……」

綱吉の言葉に綱豊が絶句した。

「富士見宝蔵にあったものを削ったものだ。本物である」

「なんのことやらわかりませぬ」

本書は書き下ろしです。

表《おもて》御《ご》番《ばん》医《い》師《し》診療《しんりょう》録《ろく》3

解《げ》毒《どく》

上田《うえだ》秀人《ひでと》

平成26年 2月25日　初版発行
令和7年 4月15日　9版発行

発行者●山下直久

発行●株式会社KADOKAWA
〒102-8177　東京都千代田区富士見2-13-3
電話　0570-002-301（ナビダイヤル）

角川文庫 18392

印刷所●株式会社KADOKAWA
製本所●株式会社KADOKAWA

表紙画●和田三造

●お問い合わせ
https://www.kadokawa.co.jp/（「お問い合わせ」へお進みください）
※内容によっては、お答えできない場合があります。
※サポートは日本国内のみとさせていただきます。
※Japanese text only

ISBN978-4-04-101230-7　C0193

◆◇◇

角川文庫発刊に際して

角川源義

第二次世界大戦の敗北は、軍事力の敗北であった以上に、私たちの若い文化力の敗退であった。私たちの文化が戦争に対して如何に無力であり、単なるあだ花に過ぎなかったかを、私たちは身を以て体験し痛感した。西洋近代文化の摂取にとって、明治以後八十年の歳月は決して短かすぎたとは言えない。にもかかわらず、近代文化の伝統を確立し、自由な批判と柔軟な良識に富む文化層として自らを形成することに私たちは失敗して来た。そしてこれは、各層への文化の普及滲透を任務とする出版人の責任でもあった。

一九四五年以来、私たちは再び振出しに戻り、第一歩から踏み出すことを余儀なくされた。これは大きな不幸ではあるが、反面、これまでの混沌・未熟・歪曲の中にあった我が国の文化に秩序と確たる基礎を齎らすためには絶好の機会でもある。角川書店は、このような祖国の文化的危機にあたり、微力をも顧みず再建の礎石たるべき抱負と決意とをもって出発したが、ここに創立以来の念願を果すべく角川文庫を発刊する。これまで刊行されたあらゆる全集叢書文庫類の長所と短所とを検討し、古今東西の不朽の典籍を、良心的編集のもとに、廉価に、そして書架にふさわしい美本として、多くのひとびとに提供しようとする。しかし私たちは徒らに百科全書的な知識のジレッタントを作ることを目的とせず、あくまで祖国の文化に秩序と再建への道を示し、この文庫を角川書店の栄ある事業として、今後永久に継続発展せしめ、学芸と教養との殿堂として大成せんことを期したい。多くの読書子の愛情ある忠言と支持とによって、この希望と抱負とを完遂せしめられんことを願う。

一九四九年五月三日

角川文庫ベストセラー

角川文庫ベストセラー

往診 表御番医師診療禄6
上田秀人

大奥での騒動を収束させた矢切良衛は、御広敷番医師から、寄合医師へと出世した。将軍綱吉から褒美として医術遊学を許された良衛は、一路長崎へと向かう。だが、良衛に次々と刺客が襲いかかる――。

研鑽 表御番医師診療禄7
上田秀人

医術遊学の目的地、長崎へたどり着いた寄合医師の矢切良衛。最新の医術に胸を膨らませる良衛だったが、出島で待ち受けていたものとは？　良衛をつけ狙う怪しい人影。そして江戸からも新たな刺客が……。

乱用 表御番医師診療禄8
上田秀人

長崎へ最新医術の修得にやってきた寄合医師の矢切良衛の許に、遊女屋の女将が駆け込んできた。浪人たちが良衛の命を狙っているという。一方、お伝の方は、近年の不妊の疑念を将軍綱吉に告げるが……。

秘薬 表御番医師診療禄9
上田秀人

長崎での医術遊学から戻った寄合医師の矢切良衛は、江戸での診療を再開した。だが、南蛮の最新産科術を期待されている良衛は、将軍から大奥の担当医を命じられるのだった。南蛮の秘術を巡り良衛に危機が迫る。

宿痾 表御番医師診療禄10
上田秀人

御広敷番医師の矢切良衛は、将軍の寵姫であるお伝の方を懐妊に導くべく、大奥に通う日々を送っていた。だが、良衛が会得したとされる南蛮の秘術を奪おうと、彼の大切な人へ魔手が忍び寄るのだった。

角川文庫ベストセラー

結盟 高家表裏譚3　上田秀人

幕府と朝廷の礼法を司る「高家」に生まれた吉良三郎義央は、名門吉良家の跡取りながら、まだ見習いの身分。だが、お忍びで江戸に来た近衛基熙の命を救ったことにより、朝廷から思わぬお礼を受けるが――。

武士の職分 江戸役人物語　上田秀人

表御番医師、奥右筆、目付、小納戸など大人気シリーズの役人たちが躍動する渾身の文庫書き下ろし。「出世の重み、宮仕えの辛さ。役人たちの日々を題材とした、新しい小説に挑みました」――上田秀人

人斬り半次郎（賊将編）　池波正太郎

中村半次郎、改名して桐野利秋。日本初代の陸軍大将として得意の日々を送るが、征韓論をめぐって新政府は二つに分かれ、西郷は鹿児島に下った。その後を追う桐野。刻々と迫る西南戦争の危機……。

近藤勇白書　池波正太郎

池田屋事件をはじめ、油小路の死闘、鳥羽伏見の戦いなど、「誠」の旗の下に結集した幕末新選組の活躍の跡を克明にたどりながら、局長近藤勇の熱血と豊かな人間味を描く痛快小説。

戦国幻想曲　池波正太郎

〝汝は天下にきこえた大名に仕えよ〟との父の遺言を胸に、渡辺勘兵衛は槍術の腕を磨いた。戦国の世に「槍の勘兵衛」として知られながら、変転の生涯を送った一武将の夢と挫折を描く。

角川文庫ベストセラー